Russell Stannard é professor de Física na Open University em Milton Keynes. Viajou muito pela Europa e pelos Estados Unidos, devido à sua investigação em física nuclear de alta energia. Em 1968 recebeu o prémio Templeton pelo seu projecto e, recentemente, passou um ano nos Estados Unidos como Professor Convidado no Center of Theological Inquiry, em Princeton. A sua série de livros *O Tio Alberto*, um sucesso de vendas e unanimemente aclamada, explica os conceitos da física moderna a crianças.

A Academia do Dr. Dyer

Título original:
Dr. Dyer's Academy

Tradução: Sofia Ribeiro

Revisão da tradução: Pedro Bernardo

Capa: Ilustração de Mathias Weinert
e arranjo gráfico de Madalena Duarte

Depósito Legal n.º 182982/02

ISBN 972-44-1121-4

EDIÇÕES 70, LDA.
Rua Luciano Cordeiro, 123 - 2.º Esq.º – 1069-157 LISBOA / Portugal
Telef.: 213 190 240
Fax: 213 190 249
E-mail: edi.70@mail.telepac.pt

www.edicoes70.pt

Russell Stannard

A Academia do Dr. Dyer

Ilustrações de Linda Clark

O Autor

Russell Stannard foi Professor de Física na *Open University*, em Milton Keynes. Tem viajado por grande parte da Europa e dos E.U.A., devido à sua investigação em física nuclear de alta energia. Em 1968 recebeu o prémio Templeton UK e passou um ano na América como Professor Convidado no Center of Theological Theory, em Princeton. Recentemente, foi distinguido com a Ordem do Império Britânico por serviços prestados à Física e pela sua contribuição para a popularização da ciência.

Casado, com quatro filhos e três enteados, recorda o entusiasmo que sentiu ao descobrir as teorias de Einstein e dedica-se a transmitir esta inspiração às novas gerações. *O Tempo e o Espaço do Tio Alberto* foi nomeado para o Prémio da Ciência e para o Prémio Whitbread. Os seus livros foram já traduzidos para dezassete línguas.

Agradecimento

Às crianças e professores que comigo partilharam os seus pensamentos e experiências de vida num colégio interno.

Num livro deste tipo, que pretende corrigir equívocos científicos do nosso dia-a-dia, fico em dívida para com os investigadores que têm estudado as noções mais comuns que as crianças têm do mundo físico.

Prólogo

Computadores ao preço da chuva; jogos de vídeo incríveis; máquinas de secar que trabalham mais depressa; aspiradores com maior poder de sucção; televisores a três dimensões; telemóveis *stereo*; aviões Jumbo com 1000 lugares; passeios de um dia a Marte... E tudo isto graças à ciência.

Só que as coisas não estavam a resultar desta forma. Os problemas surgiram nos anos 90. Foi nessa altura que o número de jovens a optar por estudar ciências começou a diminuir. Por altura do início da nossa história, o número de novos cientistas tornou-se quase inexistente. Quase não sobra ninguém que saiba como conceber e construir equipamento novo ou manter o antigo a funcionar. O mundo civilizado está a afundar-se no caos.

Porquê? Uma conspiração, um plano astuto arquitectado deliberadamente para provocar a destruição da ciência. Não que alguém suspeitasse que havia uma conspiração, ou quem estaria por trás dela. Muito menos o Sr. e a Srª. Smith, quando trataram da candidatura do seu filho, Jamie, à Academia do Dr. Dyer – uma pequena escola na pequena e ociosa vila de Stewkbourne. Apesar de pequena, a Academia tinha a fama de ter um ensino de qualidade na área das ciências – algo raro nessa época. Essa era a razão pela qual os pais de Jamie estavam particularmente ansiosos para que Jamie fosse aceite.

Mal sabiam eles...

1

— Aguardem aqui, por favor. Vou avisar o Dr. Dyer que já chegaram.

Enquanto a secretária da escola se afastava a passo rápido, Jamie e os pais sentaram-se num sofá grande que se encontrava no vestíbulo. À sua frente havia uma lareira de mármore. Ao lado, na parede da direita, estava um grande *placard* intitulado "Quadro de Honra". Era uma lista que apresentava, por ano, os nomes de antigos alunos (Antigos Dyerenses) que se tinham saído bem nos exames.

À esquerda havia um armário repleto de troféus de prata. Mas os olhos de Jamie foram atraídos para o retrato por cima da laje da lareira. Mostrava um homem com vestes largas, sentado numa cadeira, segurando um papel enrolado com uma fita vermelha pendurada. Parecia bastantc importante. O homem tinha um ar sério, mas olhos como faíscas. O que mais se salientava era o seu cabelo despenteado e as suas sobrancelhas espessas e negras.

Após alguns minutos, a secretária regressou.

— O Dr. Dyer pode recebê-los agora. Por aqui, por favor.

Conduziu-os através do corredor, subindo depois uma grandiosa escadaria de pedra ladeada de ambos os lados por corrimões de madeira com animais esculpidos. Já no patamar, passaram por uma janela com vitrais representando um cavaleiro e a sua dama a cavalo – os antigos proprietários da casa de campo agora convertida em escola. Ao cimo das escadas, mesmo à sua frente, havia uma pesada porta de carvalho com uma tabuleta de bronze que anunciava 'Director'. Por cima da porta havia duas luzes, uma vermelha e outra verde. A luz verde estava acesa, pelo que a secretária bateu timidamente à porta. A resposta veio do interior, dada por uma voz ressonante:

— Entre.

O coração de Jamie palpitava com força. Entraram.

— Ah! Bom dia, Sr. Smith... Srª. Smith.

Uma figura robusta levantou-se, por detrás da secretária, e dirigiu-se a eles para os cumprimentar. Jamie reconheceu-o imediatamente como sendo o homem do retrato no andar de baixo.

— Eu sou o Dr. Dyer – disse ele. — E este deve ser o Jamie. Sentem-se.

Com um gesto, indicou os cadeirões distribuídos à volta de uma mesinha para o café.

Pegando numa pasta da sua secretária, aproximou-se e juntou-se-lhes. Dando uma breve vista de olhos pelos papéis, levantou os olhos e sorriu.

— Não vos deixo ansiosos por mais tempo. A meu ver, Jamie parece ser exactamente o tipo de aluno que se adaptaria aqui bem. Estou disposto a oferecer-lhe um lugar.

— Isso é maravilhoso! – exclamou a Sra. Smith. — Oh, meu Deus! Que alívio!

— Sim – disse o marido. – Isso é óptimo.

— Está combinado, então – disse o Dr. Dyer. — Pode começar no próximo período. – Olhando para Jamie, acrescentou. — Bem vindo à Academia, meu rapaz.

A secretária trouxe-lhes chá e biscoitos. O Director falou sobre a história do edifício e deu-lhes uma brochura vistosa que descrevia a escola.

— Isto deve dar-te uma ideia de como é a vida por aqui, Jamie. Queres dar uma vista de olhos pela tua nova escola?

Jamie acenou afirmativamente com a cabeça. Enquanto se levantavam, o Director debruçou-se na sua direcção e sussurrou:

— Podes pôr o resto dos biscoitos no bolso se ainda tens fome.

Jamie sorriu e aceitou a sugestão.

O passeio incluiu a sala de convívio dos alunos e a sala dos computadores.

— A escola tem uma página na Internet e cada criança tem o seu próprio endereço de *e-mail* – anunciou o Director. – Infelizmente, alguns dos computadores não funcionam. Nos dias que correm é tão difícil arranjar alguém para vir consertá-los! Mas alguns ainda estão a funcionar.

Mais à frente, passaram pela sala dos alunos delegados.

— Não gostam que espreitemos lá para dentro – murmurou o Dr. Dyer com uma risadinha. — Gosto de respeitar a sua privacidade. E, muito importante, Jamie, esta divisão que se segue é a loja dos doces. Infelizmente, também não ta posso mostrar hoje porque está aberta apenas às quartas-feiras à tarde e aos sábados ao fim da tarde.

Subiram a escada até ao segundo andar, onde ficavam os dormitórios.

— Duas áreas opostas de dormitórios: rapazes para a direita e raparigas para a esquerda – anunciou o Dr. Dyer. — Miss Crowe, a nossa delegada de Direcção vive neste apartamento que os separa.

Visitaram um típico dormitório de rapazes. O quarto tinha oito camas. À medida que iam descendo de novo para o rés-do-chão, foram olhando para a sala de jantar – na verdade, o que fora anteriormente duas salas de recepção, mais tarde convertidas numa única.

Visitaram a cozinha. Jamie reparou numa fila de campainhas de bronze em cima, num quadro. Em tempos, cada uma fora atribuído a uma divisão, de modo a que o dono do solar pudesse chamar os empregados sempre que o desejasse. Cada campainha tinha uma etiqueta com o nome da respectiva divisão, para que o empregado soubesse a qual se deveria dirigir. (Havia muito que estavam desligados).

De seguida, visitaram a lavandaria e a enfermaria. Esta última tinha três típicas camas de hospital.

— Não que sejam muito utilizadas, devo dizer – afirmou o Director, não querendo alarmá-los. — A divisão é usada principalmente para tratar de cortes acidentais ou arranhões. Mas, caso alguma coisa mais séria surja, a Matron é uma enfermeira plenamente qualificada.

Atravessaram o terraço até aos laboratórios de ciências, construídos propositadamente para esse fim.

— A menina dos nossos olhos! As instalações são excelentes, como podem ver – disse o Dr. Dyer. — Estamos particularmente orgulhosos do nosso ensino científico aqui na Academia. É tão importante nos dias de hoje e nestas idades, não acham?

— Certamente – concordou o Sr. Smith. — Foi uma das coisas em que reparei quando procurei a escola na Internet – a ênfase que vocês dão às ciências.

— Sem dúvida – disse o Dr. Dyer. — Vivemos tempos preocupantes. Os jovens parecem já não querer fazer carreira nas ciências. Somos apanhados numa espiral descendente. Cada vez menos alunos estudam ciências e ainda menos continuam com o objectivo de se tornar professores o que, por sua vez, implica que, nos anos que se seguem, ainda menos alunos terão apetência para o estudo destas áreas. E a tendência é para piorar. Mas não nos preocupemos. Aqui não há escassez – sorriu. – Temos os nossos próprios métodos especiais de ensinar ciências. Proprocionamos aos alunos uma base completa. E, mais, fazemos com que seja *divertido*. Não é, Abdul, meu rapaz?

Deu uma palmadinha no ombro de um rapaz que passava por ali. O rapaz levantou os olhos do que estava a fazer e disse radiante:

— Lá isso é, professor.

— Abdul, este é o Jamie. Vai juntar-se a nós em breve.

Abdul voltou-se para o recém-chegado.

— Olá! – disse alegremente.

O Dr. Dyer apresentou os visitantes à professora.

— Miss Peters, aqui o Jamie vai fazer parte da sua turma do primeiro ano no próximo período.

Miss Peters era uma mulher jovem e atraente, ligeiramente rechonchuda, com longos cabelos louros. Sorriu calorosamente e disse estar encantada por conhecer o Jamie. Tinha a certeza de que ele ia gostar muito de estar na sua turma.

De regresso ao edifício principal, o Dr. Dyer explicou como a escola realçava a importância de ensinar as crianças a usar sabiamente a ciência e a tecnologia e a certificarem-se que zelavam correctamente pelo ambiente.

— O nosso objectivo é produzir cidadãos responsáveis – disse em tom grave. – Essa é uma das razões pelas quais preparamos os nossos alunos para o Certificado Euro Laureado.

— Ah, sim! – disse o Sr. Smith. — Queria perguntar-lhe acerca desse assunto. Não vi qualquer referência às Provas de Aferição ou Exames Nacionais na vossa página na Internet.

— Oh, valha-me Deus, não! – retorquiu o Director. — Nos dias de hoje, tem de se olhar para o futuro. O currículo para o Euro Laureado é bem mais avançado. Tem sempre salienta-do a necessidade de nos debruçarmos sobre os grandes temas sociais dos nossos tempos. Não nos contentamos em ensinar simplesmente as curiosidades da ciência; vamos mais longe, analisando como a ciência deveria ser usada em benefício da raça humana e na preservação do planeta.

«Além disso, é a qualificação do futuro. Quando chegar a altura de Jamie fazer os seus exames, as Provas de Aferição e os Exames Nacionais serão coisas do passado. Os CEL serão a qualificação por excelência, reconhecida em toda a Europa e nas Américas.

— É estranho eu nunca ter ouvido falar neles – murmurou, confuso, o Sr. Smith.

— Não, não é – respondeu o Dr. Dyer, alegremente. — O ritmo da mudança hoje em dia é tão rápido que até eu tenho, por vezes, dificuldade em acompanhá-lo. Fique descansado, o Euro Laureado será o passaporte de Jamie para um trabalho bem pago em qualquer parte do mundo.

Voltando-se para Jamie, deu-lhe um toque brincalhão com o cotovelo e acrescentou:

— Desde que, claro, trabalhes bastante e tenhas boas notas. Mas não te preocupes com isso; a Academia tem como tarefa certificar-se que tu te sais bem.

Nesse momento, encontravam-se na sala da Assembleia.

— Alguns ainda lhe chamam a Capela. Era o que costumava ser quando o dono do solar chamava os seus empregados e todos os que viviam na região para o serviço religioso duas vezes em cada domingo.

Fizeram o caminho de volta para a entrada da escola, passando uma vez mais pelo armário de troféus com porta de vidro. Jamie não tinha reparado anteriormente, mas os troféus não eram as taças de prata comuns; eram, antes, esculturas de prata com a forma de uma lâmpada! Perguntou porquê.

— Ah, *isso* – respondeu o Dr. Dyer solenemente. — A lâmpada é o emblema da escola. Recorda-nos que a Academia penetra as trevas da ignorância com o seu raio puro de luz do conhecimento.

Nessa noite, Jamie, deitado na cama, imaginava como iria ser a vida na Academia do Dr. Dyer. A princípio tinha detestado a ideia de ir para um colégio interno, mas após ter visitado o lugar e conhecido algumas das pessoas sentiu-me muito melhor em relação a isso.

Decidiu manter um diário da sua vida na escola.

2

6 de Julho

Hoje fui aceite na Academia do Dr. Dyer!

Sinceramente, não sei o que pensar. O Dr. Dyer é mesmo fixe. Vê-se logo pelo seu olhar que é super divertido. Miss Peters, a professora de ciências, também é muito simpática. Aquele rapaz, o Abdul, parecia mesmo estar a gostar das aulas. Portanto, talvez não vá correr muito mal.

Mas ainda não tenho a certeza se nasci para andar em internatos. Quando o Pai, há algumas semanas, falou nisso pela primeira vez, detestei a ideia. Mas suponho que tem de ser. Definitivamente, as discussões entre a Mãe e o Pai têm andado a piorar. Parece que se zangam sempre que o Pai volta de uma das suas viagens de trabalho ao estrangeiro. Consigo ouvi-los, no andar de baixo, a provocarem-se um ao outro depois de eu ter ido para a cama e eles pensarem que já durmo. Não consigo apanhar tudo que dizem, mas dá para perceber a ideia geral. A minha Mãe tem ciúmes. Pensa que o Pai anda a tramar alguma (ou seja, mulheres) sempre que vai ao estrangeiro.

Por que haveria ela de pensar uma coisa dessas não sei. O que eu acho é que é uma estupidez. O Pai não faria uma coisa dessas. Mas é o que ela insiste em dizer.

Às vezes as coisas ficam tão más que eu penso que eles se vão divorciar. É horrível. Fico acordado na cama, a pensar o que seria de mim se eles se separassem. Mal consigo dormir nessas noites; aquela moinha na minha barriga não pára.

Depois, chegou a dia da Grande Decisão: daqui para a frente, a Mãe vai com o Pai nas suas viagens ao estrangeiro. O Pai disse que ia adorar (o que só mostra que a Mãe estava errada e ele não tem quaisquer amigas estrangeiras). A Mãe também ficou satisfeita. Ela sempre gostou de viajar, por isso agora pode andar toda contente com o monte de férias extra para gozar no estrangeiro – assim como andar com o Pai debaixo de olho. Acabaram-se as zangas. Todos os seus problemas ficaram resolvidos.

Excepto um – eu. Quem é que ia ficar a tomar conta de mim quando a Mãe não estivesse por perto? Não havia escolha: eu teria de ir para um colégio interno, disseram eles.

Ninguém que eu conheça por aqui anda em colégios internos. Colégios internos são para os betos. Ou isso, ou miúdos de quem os pais se querem ver livres. O que me põe cá a pensar: será que a Mãe e o Pai querem simplesmente que eu não os estorve? Será assim que eles me vêem – nada mais do que uma chatice? Na verdade, não posso acreditar numa coisa dessas – causa-me uma moinha na barriga, à noite.

3

Tal como planeado, Jamie começou a escola no início do Outono. Nesse primeiro dia, o caminho estava cheio de carros grandes. Malas de viagem, caixotes e cestas de comida eram colocados por todo o lado nos relvados antes de serem transportados para a escola. Havia abraços por entre lágrimas e despedidas e instruções para que se escrevessem cartas todas as semanas.

Os pais de Jamie não podiam ficar muito tempo porque tinham de estar bem cedinho no aeroporto de Heathrow no dia seguinte para a primeira das suas viagens ao estrangeiro juntos.

Jamie foi posto num dormitório com sete rapazes, todos da sua turma do primeiro ano. Deu-lhe um trabalhão fazer caber todas as suas coisas na gaveta por baixo da cama e nas da mesinha-de-cabeceira. Mas conseguiu mesmo à justa.

A princípio, achou a vida na escola muito estranha. Teve, porém, um incentivo ao descobrir que a maioria dos alunos do primeiro ano também nunca tinha estado longe de casa. De facto, adaptou-se à sua nova vida de forma surpreendentemente rápida.

A maioria das aulas – Inglês, Matemática, História, Geografia – eram bastante normais, semelhantes àquelas a que estava habituado na sua escola anterior. Numa palavra: chatas. Mas a sua primeira aula de ciências foi diferente.

Miss Peters andava para a frente e para trás entre as filas de carteiras.

— Muitos jovens não gostam de ciências – começou por dizer. — Acham difícil; acham que não são suficientemente espertos para compreender. Mas isso é um disparate. Se é difícil de compreender, então a culpa é do professor, não vossa.

Isto agradou a Jamie. Teve a sensação de que se iria dar muito bem com Miss Peters.

— A maioria dos professores comete um erro importante – continuou ela. — Partem do princípio que os seus alunos começam com as mentes em branco. Tudo o que o professor tem de fazer é encher essas mentes em branco com uma série de factos científicos e tudo correrá bem. – Fez uma pausa e olhou em volta.

— Digam-me. As vossas mentes *estão* em branco? Imaginem que eu empurro isto – pegou num livro da sua secretária e colocou-o no mesa em frente da turma. — De certeza que não sabem o que vai acontecer a seguir?

Empurrou o livro. Foi escorregando ao longo da superfície e parou mesmo antes de atingir a borda.

— Ficaram surpreendidos? – perguntou. — Ou já sabiam que quando eu parasse de o empurrar, o livro pararia?

Todos acenaram com a cabeça.

— Se partirmos do princípio que não atinge a beira da mesa antes – disse Jamie.

— Ah! Poderia ter atingido a borda antes de parar – concordou. — O que teria acontecido então?

— Teria caído para o chão – respondeu ele.

A professora atravessou a sala e pegou de novo no livro, dando-lhe desta vez um empurrão firme. O livro deslizou ao longo do banco, abrandando a velocidade como anteriormente, mas escorregou para fora da borda e estatelou-se no chão.

— Precisamente – disse Miss Peters. — Também sabias isso. E – continuou, à medida que ia olhando em volta para a turma — tenho a certeza que *todos* vocês sabiam isto antes de eu o fazer. Portanto, o que isto prova é que as vossas mentes *não* estão em branco. Já estão cheias de informação — o que nós aqui, na Academia, chamamos de "ciência do senso comum". Esta informação é muito útil; sem ela não seriam capazes de andar por aí, ou de executar tarefas simples, ou de fazer o que quer que seja no mundo.

«Aqui na Academia, fazemos questão de nos basearmos naquilo que vocês já sabem. Por isso, aprender ciências aqui é fácil. Como os alunos mais velhos vos dirão, a ciência é divertida. Na verdade – acrescentou com uma gargalhada — temos um provérbio: *se é difícil, não pode estar certo.*

O resto da aula foi passado a fazer experiências sobre a maneira como as coisas se movimentam. Os alunos empurraram blocos de madeira pequenos, blocos de madeira grandes, carrinhos e camiões de brincar. Chutaram uma bola de futebol (não com muita força porque estavam dentro da sala). Até tinham uma pequena mesa de bilhar e algumas raparigas foram incentivadas a fazer um jogo rápido, dando tacadas nas bolas.

— Então, o que é que nós aprendemos com isto? – perguntou Miss Peters. — Já viram coisas que foram obrigadas a mover-se. Mas *como* é que fizeram com que elas se movessem?

A Rosita levantou a mão.

— Empurrámo-las.

— Isso mesmo – disse Miss Peters. — Deram-lhes um

empurrão com a mão ou com o pé, como quando chutaram a bola; ou empurraram o taco para que se movesse, depois o taco bateu na bola e empurrou-a de forma a que *ela* se movesse também. O que é que aconteceu depois, assim que puseram algo a mover-se? Continuou a mover-se?

Os alunos abanaram a cabeça.

— Não, parou. E por que acham que assim foi? – continuou ela.

Houve uma pausa. Depois, Helmut, hesitante, sugeriu:

— O empurrão gastou-se?

— O empurrão gastou-se – repetiu Miss Peters, pensativamente. – Deste um empurrão à bola, ou seja lá àquilo que foi. Por isso a bola tinha "empurrão", o que fez com que rolasse. Mas, mais tarde, parou, portanto já não tinha "empurrão", o que significa que o "empurrão" se deve ter esgotado. Parece-me bastante razoável.

Olhou em redor para a turma.

— Parece-vos razoável?

Eles concordaram, acenando com as cabeças.

— É simples, realmente – sorriu. — Mero senso comum.

A professora dirigiu-se a um armário, abriu a porta e retirou de lá uma caixa grande. Um comboio de brincar! Colocou-o na bancada.

— Alguém me ajude a montar a linha férrea – disse ela. Ligando o transformador a uma tomada, carregou no botão. O comboio começou a mover-se.

Em reposta a mais algumas perguntas, os alunos decidiram que tal acontecia porque estava a ser empurrado – sendo o empurrão dado por um motor eléctrico.

O comboio continuou a circular às voltas na linha – rodando depois mais uma vez – e mais uma vez, e mais outra.

— Isto é uma coisa nova – disse Miss Peters. — Todas as outras coisas que pusemos em movimento foram reduzindo de velocidade. Esta *não* está a diminuir de velocidade. Por que é que pensam que assim é? Por que é que o empurrão não está a ser gasto?

Fez-se silêncio. Depois, Jamie falou:

— Eu penso que *está* a ser gasto. Mas o motor ainda está a empurrar. Está sempre a dar o "empurrão", à medida que vai sendo gasto. Por isso o comboio continua o seu movimento.

A professora acenou com a cabeça.

— Muito bem, Jamie. Eu não saberia explicá-lo melhor. É preciso empurrar para que alguma coisa comece a movimentar-se, depois é preciso que se *continue a empurrar*, para que não abrande. Na verdade, puxar é tão eficiente como empurrar; empurrar ou puxar, vai dar ao mesmo. O motor eléctrico empurra a locomotiva, e a locomotiva puxa as carruagens que se seguem. Empurrões e puxões são chamados *forças*. De uma maneira ou de outra, tem de haver uma força para que algo continue a movimentar-se a uma velocidade estável. E isso requer combustível. Não podemos ter forças sem gastar combustível. Aqui estamos a utilizar electricidade, que é produzida em centrais eléctricas, através de petróleo, ou gás, ou carvão, ou energia nuclear. Nos carros, os motores funcionam porque fazem a combustão da gasolina ou do gasóleo.

«E isso é uma coisa de que quero que vocês se lembrem sempre: de cada vez que se movimentarem, estarão a usar combustível – e o combustível é precioso. Há imenso petróleo, gás e carvão no planeta. Temos de ser cuidadosos para não os desperdiçarmos. Todos nós temos um papel na conservação destes recursos preciosos.

A campainha tocou, anunciando o final da aula.

4

13 de Setembro

Tenho sentido saudades – especialmente quando recebi o telefonema da Mãe. Os pais só devem telefonar em caso de emergência. Em vez disso , devem utilizar o e-mail. *Miss Bright, a secretária da escola, estava mesmo chateada por ter de andar à minha procura para me trazer ao telefone. Agora já acalmou. A Mãe disse que se estavam a divertir em Paris.*

As coisas correm bastante bem por aqui. Os primeiros dias voaram. Não gosto de ter que partilhar um quarto. Os outros fazem muito barulho e deixam as roupas todas espalhadas pelo chão. Mas não são assim tão maus. Alguns entusiasmaram-se só de pensar que havia montes de raparigas ao fundo do corredor. Mas as raparigas bem podiam estar a um milhão de quilómetros de distância. As tábuas no chão ao longo do corredor que liga os dois dormitórios chiam bastante (tenho cá uma suspeita de que foram colocadas assim de propósito). E entre os dois lados está Miss Crowe. É tal e qual como o seu nome (1)*. Tem um nariz longo e pontiagudo, cabelo negro e é tão magra como um espantalho. Parece uma bruxa. Numa das assembleias, disse-nos que tinha o sono leve. Olhou para os alunos mais velhos e rosnou: «O mais pequeno ruído e acordo logo».*

---

(1) Crowe significa "corvo" em português. A maioria das personagens desta história tem apelidos bastante sugestivos; a opção pela sua não tradução deve-se a algumas incoerências que daí adviriam (N.T.)

Os mais velhos deram uma risadinha; não era suposto que nós, os mais novos, soubéssemos do que ela estava a falar – Huh!

A comida? Não é má nem boa. Montes de verduras e saladas e coisas assim. A ementa é a mesma todas as semanas. Podemos perceber que dia da semana é pelo que comemos. Já dá para ver que a minha semanada terá de ser toda gasta em comida na loja dos doces. Quarta-feira é o dia de jogos para nós, os do primeiro ano. Jogamos futebol de salão. Há quatro casas, todas elas com nomes de escritores famosos de literatura infantil. Eu fiquei em Stevenson (que escreveu A Ilha do Tesouro*). Os outros são Carroll (*Alice no País das Maravilhas*), Tolkien (*O Senhor dos Anéis*) e Dahl.*

As aulas não são más. Gostei da nossa primeira aula de ciências. Miss Peters é óptima. Faz com que tudo pareça tão simples. Por que é que não pude aprender desta forma na minha escola anterior?

Aconteceu uma coisa engraçada esta manhã. Durante a noite, alguém tinha escrito com spray *no muro do recreio. Dizia:*

O DOUTOR DYER É UM MENTIROSO

As letras devem ter um metro de altura. O muro fica precisamente em frente da janela da sala de professores. Qualquer pessoa que olhe para fora tem de ver a inscrição. E quando eu estava lá, alguém olhava cá para fora. O Director! Bom, eu teria pensado que isso significaria sarilhos – grandes sarilhos para alguém. Só que o Dr. Dyer não parecia nada chateado. Eu não tinha a certeza, mas quase podia jurar que ele estava a sorrir. A SORRIR! O grafitti *ainda lá está. Ninguém tentou apagá-lo e ninguém tocou no assunto. Não percebo.*

5

Era hora de almoço. Jamie chegou à caixa com o seu tabuleiro e olhou desanimado para o que tinha sido posto no seu prato. Delicadamente, pediu à Srª Bluff que lhe desse umas batatas fritas.

— BATATAS FRITAS! – disparatou ela. — E o que é que se segue? Nunca terás esse tipo de porcarias aqui enquanto eu mandar. Não admira que estejas gordo e com borbulhas. Vamos lá a andar!

Jamie tinha apenas um bocadinho de peso a mais e não tinha borbulhas – não muitas, pelo menos – mas escapuliu-se sem uma palavra. Para seu pavor, toda a gente estava a olhar para ele.

Caminhou em direcção a uma mesa onde os seus amigos estavam sentados, mas estava cheia: a sala de jantar fica cheia de gente antes da uma da tarde. Encontrou então um lugar numa outra mesa. Começou a tirar as coisas do seu tabuleiro até que percebeu que os outros que estavam sentados à mesa tinham parado de conversar e olhavam-no fixamente, de modo nada simpático.

— Isto é uma mesa de *segundo ano* – rosnou um dos rapazes. — Os do primeiro ano, ali. – Fez um movimento brusco com o polegar.

— Ah, desculpa – disse Jamie, levantando-se de novo,

todo perturbado. — Não tinha percebido... As outras mesas estão cheias... Desculpa. Ninguém me avisou... – Colocou ruidosamente tudo de volta no seu tabuleiro. Podia sentir as lágrimas a surgir.

— Aqui – chamou uma voz.

Ele olhou. Uma rapariga acenava com a mão para que ele fosse ter com ela.

— Cheguem-se para lá – disse ela aos seus companheiros. Eles queixaram-se que a mesa estava cheia.

— Cheguem-se para lá – insistiu ela com uma voz mandona. — Há bastante espaço, desde que comam como deve ser, com os cotovelos encolhidos em vez de espetados para fora.

Jamie sentou-se ao pé dela, muito grato. Já tinha reparado nela na sua turma, pois dificilmente passava despercebida. Era alta, não particularmente bonita, mas muito elegante. Ou, como diria Jamie, “beta”.

À medida que os outros retomavam as suas conversas e ele começava a comer, ela virou-se para ele:

— Então, como te chamas? – perguntou ela.

— Jamie Smith.

— Eu sou Emily... Emily Straight. O que é que estás a achar das coisas, sem falar na falta de batatas fritas? – sorriu ela.

— É um bocado estranho – respondeu ele. — Nunca estive assim fora de casa antes. Uma pessoa tem que se habituar.

— Eu sei o que queres dizer – disse ela. — Estás com saudades?

— Um bocado.

— Não te preocupes. É natural. Todos nos sentimos assim ao princípio. Na verdade, é provável que piore antes de começar a melhorar. No início, tens tantas coisas com que te preocupar que mal tens tempo para pensar em casa. Não, as saudades geralmente atingem-te mais tarde, quando já estás instalado. E é uma coisa que nunca esqueces, apenas te vais habituando.

— Como é que sabes isto tudo? – perguntou.

— Ah, já passei por isto – disse ela, sem dar grande importância ao assunto. — A minha escola anterior era um internato. Diz-me – acrescentou ela – o que achas dos professores?

— Porreiros, acho eu. Miss Peters é boa. Faz com as

ciências sejam mesmo interessantes e fáceis. Nunca fui lá muito bom a ciências. Mas percebi tudo o que ela disse.

— Estou a ver – murmurou Emily, lançando-lhe um olhar estranho. – Como por exemplo?

— O que queres dizer?

— O que é que aprendeste com Miss Peters?

— Bem, tu sabes. Tu estavas lá – pensou por um momento. – As experiências com empurrões e coisas dessas. Sobre como tínhamos de continuar a empurrar para que uma coisa continuasse a mover-se, senão o empurrão esgota-se e a coisa pára.

Emily ficou sentada por um momento, depois amontoou os pratos e talheres no seu tabuleiro. Pôs-se de pé. Jamie levantou-se para que ela pudesse passar. Enquanto o fazia, ela debruçou-se e sussurrou-lhe ao ouvido, para que os outros não pudessem ouvir:

— Da próxima vez pergunta-lhe acerca dos planetas.

— O que é que têm os planetas? – perguntou Jamie.

— A Terra é um planeta e gira à volta do Sol, não é? *Sabes* isso, não sabes?

— Claro – protestou ele.

— Muito bem. O que faz com que continue a girar? Onde está o empurrão?

Com estas palavras, partiu em direcção ao carrinho para "Devolução de Tabuleiros", deixando Jamie a segui-la com o olhar, com o sobrolho franzido de perplexidade.

6

14 de Setembro

Está decidido: detesto a Sr.ª Bluff. Tudo o que eu pedi foi batatas fritas. A confusão que ela arranjou!

Em relação àqueles do segundo ano, são um bando de animais. Espero não acabar por ficar assim quando me tornar um aluno de segundo ano.

Aquela rapariga, a Emily, era simpática. A maneira como ela me ajudou. Atenção, ela parece um bocado empinada. Suponho que é o que acontece quando só se anda em colégios internos chiques.

A questão que ela colocou era interessante: que empurrão permite que a Terra continue a mover-se? Não faço ideia. Nunca tinha pensado nisso antes.

Bom, continuemos com coisas mais importantes. Tive a minha prova de futebol hoje e fui escolhido para a equipa da escola! Dos juniores, claro. Isso significa jogar contra outras escolas aos sábados à tarde. Não que Dyer seja muito boa em desporto. Na verdade, não é justo. Dyer é uma escola pequena, se comparada com as outras escolas locais, portanto temos tendência para ficar na segunda metade da liga. Não interessa.

Puseram-me como guarda-redes. Não sei se foi boa ideia. É suposto que os guarda-redes sejam altos e tenham braços compridos. Mas fiquei em último lugar nas provas de corrida e o Sr. Henderson, o professor de jogos, pôs-me como guarda-redes, porque assim não terei de correr muito.

7

— Na última aula, aprendemos como temos de usar uma força (um empurrão ou um puxão) para pormos alguma coisa a mover-se – relembrou Miss Peters à turma. — Precisamos depois de continuar a empurrar ou a puxar para *manter* a coisa em movimento. Esta manhã, quero que comecem por pensar neste livro aqui – disse ela, apontando para o livro de ponto na sua secretária. – Não está a mover-se. Portanto, o que é que isto vos diz sobre as forças que tem?

— Não tem nenhuma? – sugeriu Helmut.

— Certo – concordou ela. — Se uma coisa *não* está a mover-se, isso deve ser porque não há *quaisquer* forças nela. Se uma coisa *está* a mover-se, então deve conter uma força. É bastante simples, não é?

Todos acenaram com a cabeça, concordando. Excepto Jamie. Olhou para Emily, que também não acenava; estava apenas ali sentada a olhar fixamente em frente, o rosto imóvel. Lentamente, Jamie levantou a mão.

— Sim, Jamie. O que foi?

— Bem, Miss Peters, eu estava aqui a pensar nos planetas.

Emily lançou-lhe um olhar.

— Si-i-im – replicou Miss Peters, cautelosamente. — O que é que têm os planetas?

— Bem, pensava no modo como *eles* se movem. A Terra gira à volta do Sol, não é? E Marte e Vénus e todos os outros. Eles continuam a girar. Então, estarão a abrandar?

— Não, não estão a abrandar – foi a resposta dada.

— Então, o empurrão não está a esgotar-se?

— Onde queres chegar, Jamie? – perguntou a professora friamente.

— Bem, por que é que o empurrão *não é* gasto como acontece com todas as outras coisas que estivemos a experimentar ontem? E se *está* a gastar-se, o que é que empurra a Terra para que continue a girar?

Miss Peters parou por um momento, como se estivesse a organizar os seus pensamentos. Colocou depois um sorriso doce nos lábios e disse para o resto da turma:

— Infelizmente, o Jamie ficou um bocadinho baralhado. É perfeitamente natural, nada de preocupações, Jamie – disse-lhe ela. — Mas – concluiu firmemente — isto não é uma aula de astronomia, que é o que trata com tudo o que diz respeito às estrelas e planetas. Podemos falar disso num outro dia. Entretanto, não precisas de preocupar a tua cabeça sobre como manter a Terra a girar, Jamie. Não é problema teu.

As crianças riram. Algumas sorriram a Jamie com desdém e começaram a gozar entre si.

— Já chega! Voltemos à nossa aula – continuou Miss Peters. — Vimos como coisas que se movem abrandam, não é? – olhou para Jamie. Ele acenou, sentindo-se miserável.

— Aqui têm outro exemplo. Olhem atentamente.

Pegou numa bola e atirou-a directamente para cima. Quase bateu no tecto antes de cair no chão.

— Helmut. Não te importas de descrever o que viste?

— Bem, Miss – replicou o Helmut – atirou a bola para cima...

— Dei-lhe um empurrão?

— Sim, um empurrão. E foi para cima e depois parou quando o empurrão foi esgotado. Depois, caiu simplesmente e bateu no chão.

— Porque pensas que fez isso?

O Helmut manteve-se silencioso.

— Gravidade, Miss? – sugeriu Rosita.

— Correcto. Quando a bola chegou ao topo do seu voo e parou, a gravidade apoderou-se dela e puxou-a para baixo, para o chão. Observem enquanto eu faço de novo.

Baixou-se, apanhou a bola e preparou-se para a atirar para cima mais uma vez.

— Reparem que, no seu trajecto para baixo, a bola torna-se mais rápida, mostrando que a força da gravidade continua a puxar.

E assim fez.

— Mas *onde* está a gravidade, Miss? – perguntou a Sarah. — Não vi nada a puxar a bola.

— Ah – disse a professora. — Não consegues ver a gravidade, ninguém consegue. É invisível. E, enquanto falamos da gravidade – disse ela olhando directamente para Jamie —, o Sol puxa a Terra com a sua invisível força da gravidade. Não é *preciso* ver o puxão. Mas está lá, ainda assim. O Sol está a puxar a Terra, Jamie – disse ela, devagar e deliberadamente. — *Há*, portanto, uma força na Terra.

8

16 de Setembro

Continuo a sentir-me estúpido. Miss Peters estava chateada comigo ontem, não há dúvidas, embora ela tenha tentado não o mostrar muito. Nunca devia ter dado ouvidos àquela rapariga, a Emily. É óbvia, se pensarmos nisso, a razão pela qual a Terra continua a girar à volta do Sol a uma velocidade estável. Tem tudo a ver com a força da gravidade invisível. Faz todo o sentido.

Agora, as más notícias. Perdemos o nosso jogo de abertura esta tarde!

Escola Hampton , 7: Academia Dyer, 2.

O quinto golo foi um pesadelo. Defendi o remate, mas não segurei a bola, que me caiu das mãos e foi mesmo parar aos pés de um dos avançados deles. A única coisa que ele teve de fazer foi fazê-la passar por debaixo de mim. Em relação aos outros seis, não tive hipótese. O Sr. Henderson não me deu um raspanete nem nada do género; disse que eu tinha feito um bom trabalho para manter o resultado na casa das unidades.

Os mais velhos fizeram ainda pior: perderam 10-1.

9

Após a sua primeira derrota, a equipa de futebol dos mais novos teve uma dura sessão de treino. Mais tarde, Jamie tomou um duche e foi tirar uma Cola da máquina no corredor à saída dos balneários.

— Olá, Jamie. Como vão as coisas? – disse uma voz por trás dele. Era Emily. Estava sentada no banco em frente à máquina. Rodava a sua raquete de ténis numa das mãos enquanto tomava uma bebida de lata com a outra.

— O que é que o Einstein tem andado a pensar agora? – perguntou ela.

Jamie ignorou-a. Ainda o afligia pensar em como ela o tinha feito meter-se em sarilhos da última vez, com as suas perguntas sobre os planetas. Mas ela insistiu.

— O que achas acerca do que ela nos disse sobre a gravidade?

— Parece-me fazer sentido – replicou ele, com rispidez.

— *Sentido*!? – disse ela, incrédula. — Aquela história toda da bola ser atirada para cima, esgotando o "empurrão" e depois não ter mais "empurrão" quando chega ao topo, depois a gravidade apodera-se dela e puxa-a para baixo, para o chão? Achas que isso faz *sentido*!?

Pousou a lata de bebida e começou preguiçosamente a bater a bola de ténis com a sua raquete. De súbito, fez um gesto e agarrou a bola quando esta chegava ao alto.

— Vamos lá pôr os pontos nos is. Estás a dizer-me que a gravidade só começou a puxar a bola *agora*, quando chega aqui ao topo? – disse ela.

— Si-i-im – respondeu Jamie. — Foi o que disse Miss Peters, acho eu. Sim, tenho quase a certeza que foi isso que ela disse.

— E nunca te passou pela cabeça perguntar como é que a gravidade *sabia* quando devia começar a puxar?

Jamie sentiu-se incomodado.

Emily colocou a bola na raquete.

— Então e isto? – perguntou ela, fazendo um movimento com a cabeça na direcção da bola. — Será que a gravidade está a puxá-la agora?

— Claro que não – declarou ele. — Não está a mover-se. Portanto, não pode estar a ser puxada pela gravidade. Não pode conter *quaisquer* forças, senão estaria a mover-se. É óbvio.

Ela começou a mostrar-se exasperada. Retirou de súbito a raquete da sua posição, fazendo com que a bola caísse no chão.

— Oh, meu Deus! – troçou ela. — Olha o que aconteceu à minha bola. A gravidade decidiu que era altura de entrar em acção. Que esperta, saber que eu tinha retirado a raquete. Como será que conseguiu?

Com estas palavras, pegou na bola e deslocou-se pomposamente com a raquete ao ombro, dizendo à medida que se afastava:

— Já é tempo de começares a *pensar*!

O rapaz ficou furioso. Que grande lata, a falar desta maneira com ele. Como é que *ele* havia de saber as respostas a estas rasteiras? Decidiu não prestar atenção. Se ela tinha problemas em relação às aulas de ciências, então devia ser ela a fazer as perguntas a Miss Peters. Ele só queria que o deixassem em paz. Deixou de pensar nela e continuou com a sua tarefa de limpar as botas antes de colocá-las dentro do cacifo. Quanto ao equipamento sujo, deitou-o no saco de roupa suja que havia nos balneários.

Assim que o fez, decidiu ir dar uma volta pelos terrenos da escola. Uma das vantagens de ter a posição de guarda-redes é que nunca se fica propriamente de rastos, mesmo que se tenha tido uma sessão das duras.

Em breve deu por si de um dos lados da escola, num sítio que não tinha ainda explorado. Aí deparou com uma vedação baixa de madeira, atrás da qual estava um jardim cheio de rosas e outras flores outonais. Para além dos canteiros havia arbustos e, para além destes, árvores, coroadas por um enorme carvalho que parecia assinalar o centro deste jardim. O tinido de uma fonte vinha de trás dos arbustos. Jamie decidiu investigar.

Mal tinha começado o caminho tortuoso – o único que levava ao interior do jardim – uma voz austera ressoou:

— E onde é que julgas que vais?

Virou-se. Era Fox – Henry Fox, o Delegado dos alunos seniores da escola. Jamie sabia disto porque o vira a alternar com os professores na leitura da aula na assembleia da manhã, no salão.

— Vou só dar um passeio – disse Jamie.

— Não sabes ler? – Fox fez um movimento com a cabeça em direcção a uma pequena tabuleta de madeira espetada no

chão ao lado do caminho. Estava quase escondida por um arbusto silvestre de rosas.

— Ah, desculpe, senhor – murmurou Jamie. — Não tinha visto... Está um bocadinho escondida...

— Está bem. Mas vê lá se tomas atenção da próxima vez. Podes sempre apreciar o jardim andando à sua volta aqui no exterior.

— Obrigado, senhor.

— És do primeiro ano, não és?

Jamie acenou afirmativamente.

— Nome?

— Smith. Jamie Smith, senhor.

— Aquela com quem estavas a falar ainda agora era a Straight?

— Huuum... Sim. Emily Straight.

— Sugiro que sejas mais cuidadoso no futuro. Aquela rapariga é uma má influência. Sarilhos – apenas sarilhos. Segue o meu conselho: mantém-te afastado dela, está bem?

Uma vez mais, Jamie acenou e agradeceu-lhe.

10

18 de Setembro

Está decidido: detesto a Emily Straight. Fox tem razão. Nasceu para arranjar chatices. Não que eu precisasse do Fox para me dizer isso! Ela adora deitar-me abaixo e fazer--me parecer estúpido.

A princípio, não conseguia compreender como é que Fox podia saber como ela era. Mas depois lembrei-me. Naquele dia, na sala de jantar, quando ela me armou uma trama para que eu fizesse aquela pergunta na aula sobre os planetas, ele andava por ali em serviço, à espreita. Tenho ideia que ele estava mesmo atrás de nós enquanto ela falava comigo. Deve ter ouvido o que ela dizia. Quem sabe? Talvez também tenha ouvido o que ela me dizia hoje, ao pé dos balneários, e me tenha seguido até ao jardim. Ainda bem que há pessoas como Fox por aí.

Ainda assim, continuo a matutar no que ela me disse hoje. Como é que a gravidade sabe quando deve entrar em acção? Espero não ter de responder a uma questão sobre o assunto num teste, porque não faço a mínima ideia. Só posso esperar que faça ela mesma a pergunta na aula de amanhã.

11

No dia seguinte, na aula de ciências, Jamie esperou impacientemente que Emily fizesse a pergunta. Mas era óbvio que ela não tinha intenção de fazê-lo. Tudo o que fez foi lançar um olhar à volta da sala com uma expressão de tédio. Por fim, Jamie já não aguentava mais.

— Desculpe, Miss – disse ele. — Há uma coisa acerca do que disse na última aula que me anda a confundir.

— Ah!– disse Miss Peters, franzindo as sobrancelhas. — Estás a dizer que eu não explico bem as coisas?

— Não, não – protestou ele atabalhoadamente. — Estava tudo bem. Havia só um pequenino ponto...

— E qual era? – perguntou ela secamente. — Não podes andar confundido com tudo. – Ela estava evidentemente aborrecida.

— Bem, Miss, era sobre a bola, aquela que atirou para cima e depois caiu. A professora disse que era a gravidade que a puxava para baixo.

— Sim, é verdade – disse Miss Peters.

— E a gravidade puxou a bola apenas quando ia no caminho descendente.

— Claro.

A palavra "claro" fez com que sentisse um arrepio de frio. Oh, meu Deus, era assim tão evidente? – pensou. Estaria ele apenas a ser burro? Por esta altura, todos tinham os olhos postos nele, incluindo Emily, que tinha um brilho malicioso no olhar. Não havia saída; insistiu:

— Bem... o que eu não compreendo é como é que a gravidade sabia quando devia começar a puxar.

Miss Peters ficou tensa. Cerrou os lábios, e o seu rosto ficou inexpressivo. Olhou em redor na sala.

— Alguém quer ter a bondade de ajudar o Jamie?

A Sarah levantou a mão. Num tom de voz orgulhoso, disse:

— É simples, Miss. Não havia necessidade da gravidade entrar em acção a princípio. A bola estava a *subir*; não estava a *descer*. Abrandou porque o empurrão estava a esgotar-se. A gravidade apenas entra em acção quando algo está a *cair*.

— Exactamente – Miss Peters estava radiante.

A Sarah lançou um olhar fulminante a Jamie, como que a dizer: «Aí tens, estúpido!»

Mas ele não se sentia derrotado. Estava determinado a clarificar as coisas.

— E em relação ao livro em cima da mesa? – perguntou ele. — A gravidade está a puxá-lo?

Ouviram-se murmúrios dos outros alunos a toda a volta. Miss Peters suspirou.

— Explica-lhe, Sarah.

— Claro que não – declarou Sarah-sabe-tudo. — O livro não está a cair, pois não?! Portanto *não pode* haver gravidade. *O tampo da mesa está no seu caminho, tonto.*

— Está bem, Sarah. Não é preciso falar assim com ele – Miss Peters precipitou-se a dizer. — Algumas pessoas não apanham as coisas tão depressa como outras – sorriu carinhosamente para a Sarah, depois voltou-se para Jamie. — Como diz a Sarah, o tampo da mesa está no caminho do livro, tal como o banco está no caminho do teu traseiro.

A turma deu uma risada abafada.

— Depois, o chão está no caminho do banco, e o mesmo acontece com os bancos do laboratório e tudo o resto na sala. Desta forma, nada está a cair e não há necessidade de trazer para aqui a gravidade. Está claro agora?

Jamie acenou afirmativamente, desgostoso. Olhou ferozmente para a rapariga Straight, mas ela tinha-se virado. Tamborilando ociosamente os seus dedos na secretária, olhava para o tecto com um ar de repugnância.

12

20 de Setembro

Hoje à noite escrevi um e-mail *aos meus pais. Aqui está:*

Queridos Mãe e Pai,

Estou farto. Detesto a Academia. Sinto-me muito, muito mal. Não me consigo adaptar a um sítio assim. Toda a gente goza comigo e não consigo evitar meter-me em sarilhos o tempo todo. Por favor, por favor, levem-me deste sítio horrível, horrível. Quero ir para uma escola normal. Tenho saudades de casa. Tenho saudades vossas.

Muitos beijinhos.

O vosso filho infeliz, Jamie

Imprimi o texto. Mas pensei duas vezes. Se eu deixasse a Academia e a Mãe tivesse de ficar em casa por minha causa em vez de acompanhar o Pai nas suas viagens, voltaríamos ao princípio. As zangas começariam de novo. Eles divorciar-se-iam e a culpa seria minha. O que seria depois de mim? Apaguei a mensagem sem enviá-la.

Está decidido: de agora em diante não vou mais fazer--me notado nas aulas. É evidente que Miss Peters detesta perguntas. No futuro, farei apenas como os outros.

13

20 de Outubro

Não escrevo no meu diário há séculos. Não tem havido muito para dizer (Isto é uma desculpa minha e mantenho--a!). Mas amanhã vamos estar de folga, com a interrupção das aulas do meio do período, por isso é melhor escrever qualquer coisa.

Em retrospectiva, posso dizer que as aulas de ciências têm melhorado bastante desde que tomei a minha grande decisão. Escrevo obedientemente no meu caderno de ciências o que quer que seja que Miss Peters diga e decoro-o, para mais tarde, quando fazemos o teste, repetir palavra por palavra. Funciona na perfeição. Até ganhei três estrelas de prata para a minha casa na Academia devido a TPC bons (TPC é a nossa sofisticada palavra para trabalho para casa). Talvez um dia consiga uma de ouro. Isso tornar-me-ia muito popular. Na verdade, já fiz vários bons amigos.

De facto, agora estou a gostar bastante da vida na escola. É só uma questão de nos habituarmos à rotina diária.

Hoje foi óptimo. Houve uma batalha de meio do período entre nós, os internos, e os alunos externos. Eles chamam--nos "dorminhocos", nós chamamo-lhes "meninos da mamã" (porque ainda vivem em casa, debaixo das saias das mães).

Os meninos da mamã são uns mariquinhas. Quase tão maus como os internos que vão a casa aos fins-de-semana por viverem perto. Traidores! Às vezes, um aluno externo passa por aqui durante o fim-de-semana. É como um miminho que lhe fazem. Que esquisito! Adiante, hoje fizemos uma emboscada aos meninos da mamã e batemo-lhes com as nossas almofadas – até a Miss Crowe aparecer a cuspir fogo. SOCORRO!

Não estou ansioso pela interrupção de aulas de meio do período. A maioria dos internos vai passar a semana a casa, mas eu não posso porque a Mãe e o Pai estão na Bélgica. Tenho de ir recambiado para a tia Megan, no País de Gales: ela foi nomeada a minha "guardiã" nestas férias. Não é justo. Ainda assim, a Mãe e o Pai prometeram que estariam ambos de regresso ao país para passar todo o tempo das férias do Natal e, por essa altura, vão compensar-me por tudo, estragando-me com mimos.

14

— Na segunda metade deste período vamos estudar o calor – anunciou Miss Peters no início da primeira lição após a pausa lectiva. — Nos bancos à volta da sala vão encontrar toda a espécie de objectos. Alguns são quentes, outros são frios. Quero que vocês descubram qual é o quê. Basta que lhes toquem (se quiserem, peguem-lhes) e depois façam uma lista, mostrando quais os quentes e quais os frios.

De imediato, a turma começou a andar atarefadamente à volta da sala, manuseando os objectos e tomando notas.

Entretanto, Miss Peters escreveu uma lista dos objectos no quadro branco. Quando os alunos terminaram, tiveram de votar na classificação de cada objecto. Miss Peters escreveu os resultados no quadro. A luva de lã, o copo de polietileno[2], o chapéu felpudo e o rolo de papel higiénico foram todos classificados como *quentes*; a lâmina do x-ato, o bloco de mármore, o prato de porcelana, e os cubos de gelo tirados do congelador foram considerados *frios*. Houve alguma discórdia em relação ao bloco de madeira e ao anoraque de plástico, por isso foram classificados como *meio termo*.

— Excelente! – declarou Miss Peters. — Não foi difícil, pois não? Tudo isto se deve ao facto de diferentes tipos de materiais serem naturalmente quentes ou frios. Objectos quentes contêm calor, objectos frios contêm frio. Portanto, se quiserem manter-se quentes no inverno, o que é que usam?

— Roupas – disseram em coro.

— Sim. E isso porque as roupas são quentes. Qual é o melhor tipo de chávena para o café se quiserem mantê-lo quente?

— Uma de polietileno – disse a Sarah.

— Exactamente. De novo, é o calor natural do polietileno que mantém o café quente. E para manter algo frio?

— Cubos de gelo, Miss – sugeriu Chuck.

— Isso mesmo. E quanto maior o cubo de gelo mais o frio. É por isso que demora mais tempo a derreter do que um cubo pequeno. Se puseres por exemplo uma colher de chá em água gelada, o metal da colher fica ainda mais frio do que é normal porque absorve o frio, atrai o frio. É assim a natureza do metal.

---

(2) O polietileno é uma substância plástica muito leve. É usado como isolador e na produção de recipientes, tais como copos. (N.T.)

15

31 de Outubro

De volta à rotina do costume. Não suporto ter de ouvir os outros todos falarem acerca das férias fantásticas que tiveram. «E o que é que andaste a fazer, Jamie?», perguntam-me. «Andei a cavar o jardim da tia Megan; foi uma emoção nova a cada momento», dizia eu. Na brincadeira. Pergunto-vos: que podia eu dizer? Não que eu culpe a tia Megan. Não há nada que ela possa fazer para evitar o fardo de tomar conta de mim. Mas juro que acabo comigo se me enfiarem na casa dela de novo.

Como de costume, Miss Peters foi muito clara na aula de ciências de hoje. Ela é uma boa professora. Começo a perguntar-me por que é que alguma vez pensei que as ciências eram difíceis. Vistas bem as coisas, são apenas puro senso comum. Tenho pena das crianças das outras escolas, que têm de ter aulas de ciências onde tudo parece tão difícil. Está decidido: deve ser porque a maioria dos professores de ciências anda a tentar convencer os outros de como são espertos. Tudo o que conseguem é fazer com que as ciências sejam confusas, difíceis e aborrecidas para os outros, para que eles se sintam importantes. Pelo menos, é o que eu acho.

16

São quatro da tarde, hora do lanche – a pausa normal de meia-hora que tem lugar na sala de jantar antes da sessão dos TPC. Jamie estava sentado com amigos. A conversa encaminhou-se rapidamente para os problemas que Miss Peters lhes tinha preparado para TPC.

Enquanto estavam ocupados a discutir, Jamie levantou os olhos e viu Emily Straight a caminhar em sua direcção.

— Oh, não! – murmurou para um colega — Era só o que me faltava. Tenho andado a evitá-la há semanas.

Mas não havia nada a fazer. A sala de jantar estava cheia e o único lugar vago era ao lado dele. Emily acenou-lhe brevemente com a cabeça e sentou-se, mas não disse nada, o que Jamie agradeceu. Os restantes retomaram as suas conversas.

Subitamente, Emily chegou-se a Jamie e murmurou:

— Os metais absorvem o frio? Miss Peters disse-nos *realmente* isso na aula? Diz-me que não ouvi bem.

Jamie ignorou-a.

— Eu disse – persistiu ela – ela...

— Eu ouvi – replicou ele bruscamente.

Ela esperou.

— Então? – perguntou ela. — Miss Peters disse realmente...

— Olha – disse Jamie, furioso —, não me vais meter em sarilhos de novo. Portanto, se não te importas – dito isto, virou-se para os outros.

— Não sei do que estás a falar – protestou ela inocentemente. — Que sarilhos?

Ele ignorou-a de novo.

— Meti-te em sarilhos? Não sabia – disse ela. — Sinceramente. Desculpa. Mas não sabia.

Ela ficou em silêncio por alguns momentos, depois acrescentou:

— Queres mais uma bebida? Vou buscar uma para mim também. Poupo-te uma ida até lá. Uma proposta de tréguas, está bem?

— Está bem – concordou Jamie, de má vontade. — Quero leite com duas colheres de açúcar.

Ela dirigiu-se ao balcão e voltou com duas chávenas.

— Aqui tens – disse ela. — Amigos?

Ele acenou com a cabeça.

— Ah! – disse ela. — Devo ter pegado só numa colher. Importas-te?

Sem esperar por uma resposta, debruçou-se e tirou a colher da chávena de Jamie. Enquanto o fazia, baixou rapidamente a colher e tocou com ela nas costas da mão de Jamie – deliberadamente. O metal quente queimou-o.

— Ai! – exclamou ele. — Está quente! Fizeste isso de propósito.

— Quente? – perguntou ela, divertida. — Quente? Mas eu pensei que ainda agora estavas a dizer que o metal era frio, naturalmente frio. Decide-te!

Os outros tinham parado de conversar e estavam a olhar para os dois, perguntando-se o que se estaria a passar. Jamie esboçou um sorriso de embaraço e encolheu os ombros.

— Não é nada – murmurou ele.

Recomeçaram a conversar.

Depois, Emily sussurrou-lhe ao ouvido:

— E que história era aquela sobre as chávenas de polietileno manterem as bebidas quentes por serem, elas próprias, naturalmente quentes? A chávena que eu estava a usar há um minuto atrás tinha água *fria* do refrigerador. *Aquele* copo de polietileno estava a manter a bebida *fria*.

«Em relação àquela história toda de "absorver o frio" – continuou ela. — O *frio* não existe. Existe calor e pronto.

Ela olhou furtivamente à volta da sala, depois disse:

— Tens que te atinar, Jamie. Abre os olhos para o que realmente se passa aqui na Academia.

Jamie olhou em volta na sala de jantar, descobrindo que Henry Fox estava a olhar fixamente para si. Estava de pé no arco que ligava os dois espaços que constituíam a sala de jantar. Dali, ele tinha uma boa perspectiva do que se estava a passar nas duas áreas. Era óbvio que tinha estado a observar Jamie atentamente. A sua face tinha uma expressão de reprovação. Jamie lembrou-se imediatamente do aviso que lhe fora feito para que não falasse com aquela rapariga, a Straight. Sem rodeios, virou-lhe as costas.

17

1 de Novembro

A Straight é mesmo demais! Eu nem acredito! Estava sentada ao pé de mim nem havia um minuto e já estava a preparar os seus truques de novo, levando-me na sua conversa. Estava capaz de morrer quando o Fox nos apanhou a falarmos. Assim que me apercebi da sua presença, virei a cara à Emily e não quis ter mais nada a ver com ela. Espero que o Fox tenha reparado. E quando ela se levantou e disse «Adeus», ignorei-a. O Fox deve ter percebido que eu estava a dar-lhe desprezo.

Notem, contudo, que eu não consigo deixar de pensar no que ela disse. Não é nenhuma surpresa, acho eu, uma vez que a minha mão ainda arde no sítio onde ela me queimou. Eu adorava saber as respostas. Fazer os TPC hoje à tarde foi mesmo difícil. Depois do que a Straight me dissera, nada mais fazia sentido. Tenho a certeza que Miss Peters me esclareceria todas as dúvidas, isto se eu tivesse a coragem para lhe perguntar. Mas estou decidido a não lhe fazer perguntas na aula, à frente dos outros. Iria, na certa, ser um desastre de novo. Eu sei que ela detesta que lhe façam perguntas na aula. Ela traz as aulas já preparadas muito cuidadosamente e eu acho que se perde se a interrompemos. Talvez haja uma outra forma de lhe fazer perguntas e esclarecer as coisas.

18

Tinha sido um longo dia; Miss Peters estava cansada. Acabou de apagar o quadro branco e começou a juntar os livros. Jamie viu então a sua oportunidade. Tinha ficado para trás na hora da saída para poder ficar a sós com ela. Aproximou-se da sua secretária:

— Miss Peters – disse ele timidamente.

— Sim, Jamie, o que foi? – respondeu ela, com ar abatido.

— Estive a pensar. Lembra-se como ficou decidido que algumas coisas eram naturalmente quentes e outras frias, e que podíamos saber a diferença se lhes tocássemos?

— Claro. Há algum problema?

— Bem, decidimos que o metal era frio, certo?

— Sim, é verdade.

— Mas quando colocamos uma colher numa chávena de água quente (uma chávena de chá ou de café, por exemplo) ela fica a escaldar e muito depressa. Parece absorver o calor, não o frio.

Miss Peters ficou tensa, mas Jamie não reparou. E continuou. Perguntou-lhe acerca das chávenas de polietileno, que pareciam ser boas tanto para bebidas quentes como para frias, apesar de ter ficado decidido na aula anterior que o polietileno era, ele mesmo, naturalmente quente.

Por esta altura, já Miss Peters tinha um ar severo. Ele deveria ter prestado atenção aos sinais de aviso mas, por algum motivo, as palavras continuavam a sair-lhe da boca em catadupa.

— Noutro dia estava a pensar numa coisa; em algo como não haver "frio", só "calor".

— Quem é que te tem andado a meter estes disparates na cabeça? – interrompeu Miss Peters. Estava claramente fora de si. — Quem foi? Quem é que anda a meter-se contigo e a confundir-te? Estavas a ir tão bem. Os teus últimos testes foram tão bons – maravilhosos! E agora, de repente, descubro que reincidiste nos maus hábitos. Voltaste ao ponto de partida, com todas as tuas perguntas disparatadas. Estou muito desiludida contigo.

Acabou de juntar os seus livros e dirigiu-se para a porta. Ao abri-la, voltou-se e declarou:

— Tudo isso é o resultado de tentares ser esperto demais. Estás a dar um passo maior do que a perna, rapaz. Tira esses disparates todos da tua cabeça de uma vez por todas, estás a ouvir?

Estaria ele a ouvi-la?, pensou para si mesmo, desgostosamente. Quem é que ele estava a enganar? A porta estava completamente aberta; todas as pessoas no edifício a devem ter ouvido.

Miss Peters saiu muito empertigada da sala, deixando Jamie atordoado e a tremer.

19

Nessa noite, Jamie estava lá em baixo na lavandaria. Os alunos não devem lá ir; a roupa é levada ao dormitório quando está pronta. Mas ele tinha rasgado um par de calções de jogar futebol e tinha apenas mais um par, que estava sujo. O dia seguinte era sábado e ele iria jogar pela escola à tarde. Queria ter a certeza que tinha algo para usar. Para piorar as coisas, apenas metade das máquinas de lavar estava a funcionar; havia um longo amontoado de roupa suja à espera para ser tratada. Para acelerar as coisas, ele mesmo tinha lavado os calções à mão. Perguntara depois à funcionária de serviço se podia enfiar os calções no molho que estava na máquina de secar. Já sabia que as funcionárias eram agradáveis, porreiras até. Eram, na maioria, alunas australianas que tinham tirado um ano sem estudar. Ela disse que estava bem, por isso ele sentou-se no canto à espera, olhando para o seu equipamento que girava às voltas, sem parar, ao mesmo tempo que ia pensando, com tristeza, no que se tinha passado nessa manhã.

Subitamente, a porta da sala abriu-se de par em par e entrou, empertigado, um aluno delegado.

— Smith? – rosnou ele.

Jamie levantou os olhos.

— Sim? – respondeu.

— Mas que raio estás tu aqui a fazer? Tenho andado à tua procura por todo o lado. Este foi o *último* lugar que me ocorreu.

Jamie começou a explicar, mas foi rapidamente interrompido.

— O gabinete do Director!

— O que é que tem o gabinete do Director? – pestanejou Jamie, confuso.

— O que...? O que é que achas? Ele quer ver-te. AGORA! Despacha-te, ele não tem o dia todo. Já demorei tempo sufi-ciente a tentar encontrar-te. ...

O estômago de Jamie entrou em sobressalto – tal e qual o equipamento de futebol na máquina de secar roupa. O Dr. Dyer queria vê-*lo*!

— Então e a minha roupa? – gaguejou ele. — Ainda não está pronta.

— ROUPA? – gritou ferozmente o delegado. — Tu ainda falas em *roupa*? De que planeta és tu? PÕE-TE A ANDAR!

20

Jamie chegou à porta do gabinete do Director. A luz vermelha estava acesa. O que queria dizer que ele estava ocupado, e não deveria ser importunado. Jamie pensou no que deveria fazer. Estava prestes a descer as escadas para perguntar a Miss Bright, a secretária da escola, quando a luz vermelha se apagou e a verde se acendeu. Regressou à porta e estava quase a bater quando esta se abriu para revelar Miss Peters, seguida de Henry Fox.

Estacaram, lívidos, ao ver o rapaz. Trocaram um olhar de embaraço.

— Obrigado, obrigado – podia ouvir-se a voz do Dr. Dyer por trás deles. — Foi uma grande ajuda. Mantenham-me sempre informado.

Sem dirigirem a palavra a Jamie, passaram por ele e seguiram pelo corredor a passo rápido.

Jamie, com os joelhos a tremer, bateu levemente à porta aberta. O Dr. Dyer estava a correr as cortinas da janela por trás da sua secretária. Olhou por cima do ombro:

— Ah, Smith! Entra. Senta-te ali, ao pé da lareira. Já vou ter contigo.

Jamie entrou e sentou-se numa das confortáveis cadeiras colocadas dos dois lados da lareira. Agora que as cortinas estavam fechadas a sala ficou, por um momento, iluminada apenas pelas chamas ondulantes do fogo. O Dr. Dyer acendeu um candeeiro de secretária, aproximou-se e sentou-se numa cadeira à sua frente.

— Bom, então... Hum... Jamie. Afinal, que história é esta que me tem chegado aos ouvidos? Segundo Miss Peters, parece que tem havido algumas chatices nas tuas aulas de ciências?

— Chatices? – perguntou Jamie, ansioso. — Não sei o que quer dizer. Eu fiz algumas perguntas.

— Algumas perguntas? É isso que lhes chamas?

— Sim. Só algumas. Que mal há nisso? Eu queria saber umas coisas. Não tinha compreendido o que Miss Peters dissera. Por isso perguntei-lhe, educadamente. Muito educadamente. Como é que eu hei-de descobrir as coisas, se não estiver autorizado a perguntar à professora?

Jamie nem conseguia acreditar que estava a dizer isto. Estaria ele realmente a dizer estas coisas ao Director?! Devia estar louco. Só que ele não podia deixar de reparar, mesmo à fraca luz do fogo crepitante, que o Dr. Dyer esboçava um sorriso.

— Muito bem, rapaz. É esse o espírito. Eu vi logo, desde o princípio, que tu tinhas o potencial de uma pessoa especial.

— Especial? – perguntou Jamie, confuso.

— Tenho um dedinho que me diz estas coisas – disse o Director, com um piscar de olhos.

Jamie nem conseguia acreditar: o Director piscara-lhe realmente o olho com aquelas suas sobrancelhas negras e espessas.

Ficaram em silêncio por breves momentos. O Dr. Dyer tirou os seus óculos e limpou-os cuidadosamente. Ao colocá-los de novo, continuou:

— Jamie, decidi confidenciar-te algo. A verdade é que a maioria das pessoas não precisa saber muito sobre ciências, só o suficiente para conseguir andar por aí sem esbarrar nas coisas – deu uma risadinha. — Tudo o que essas pessoas precisam é de "ciência do senso comum". E é isso que nós lhes damos aqui na Academia. Reforçamos nelas aquilo que aprendem instintivamente no seu quotidiano. E isso é quanto lhes basta. Para quê tornar a vida mais difícil do que o necessário?

«Mas, de vez em quando, deparamo-nos com alunos para quem a ciência do senso comum não é suficiente. Começam a fazer perguntas nas aulas e isto confunde os outros alunos. Pode ser bastante perturbador. Basta um único aluno desses numa turma para que todo o equilíbrio da aula seja destruído.

O Dr. Dyer fez uma pausa e olhou-o directamente nos olhos.

— Jamie, tu és um desses alunos invulgares.

Jamie olhou para o chão, sentindo-se incomodado.

— É isso mesmo – continuou o Director —, apresentas todos os sinais de ter uma mente curiosa. Deixa-me dizer-te que isso não é, em si mesmo, motivo de embaraço. Não se consegue evitar ser curioso. Na verdade, se orientada na direcção correcta, a curiosidade pode vir a ser uma vantagem. No entanto, essa é uma qualidade que necessita de ser cultivada cuidadosamente.

«Entretanto, a ciência do senso comum não vai ser suficiente para ti. És o que chamamos um "aluno com necessidades especiais". Felizmente, aqui, na Academia, temos um sistema flexível que garante que cada aluno obtenha exactamente o tipo de ciências adequado às suas exigências, e isso inclui os alunos com necessidades especiais.

«Portanto, Jamie, eis o que fazemos em casos como o teu. Continuas na tua turma normal, como sempre. Mas, de agora em diante, não fazes mais perguntas nem levantas objecções a nada que Miss Peters, ou qualquer outro professor de ciências em anos futuros, diga.

— Mas – o rapaz ia protestar, mas a sua frase foi interrompida a meio.

— E, em troca do teu bom comportamento nas aulas, vais receber acompanhamento personalizado e dado por *mim próprio*.

Jamie nem queria acreditar.

— Por si, Professor?! – exclamou ele.

— Isso mesmo. Guardas para depois quaisquer questões que te ocorram nas aulas. Para *depois*, compreendes? Perguntas-me depois a *mim*, não a Miss Peters, quando nos encontrarmos para as nossas aulas particulares. Desta forma, vais adquirir não só a ciência do senso comum nas aulas, mas também a "ciência a sério" comigo. Encontrar-nos-emos uma vez por semana...

Pegou na sua agenda e percorreu-a com o dedo.

— Sim, vamos marcar para quinta-feira às 18, 45, o que significa que nesse dia terás que faltar às actividades à noite. Não te importas? Não estás envolvido nos ensaios para o espectáculo de Natal ou coisa do género, pois não?

Jamie abanou a cabeça.

— Óptimo. Então fica para as quintas-feiras às 6, 45 da tarde. De uma forma geral, as aulas terão lugar aqui mas, de vez em quando, poderão ser na minha casa. Miss Bright depois avisa-te. A propósito – acrescentou ele —, da próxima vez que escreveres aos teus pais tranquiliza-os, explicando-lhes que estas aulas particuladas não implicarão qualquer custo adicional. É para mim um prazer ajudar alunos excepcionais. Sim – murmurou ele calmamente, para si mesmo —, pode ser que um dia até chegues ao círculo oculto.

— Desculpe – disse Jamie —, ao quê oculto? Não apanhei bem essa parte...

— Ah, nada – apressou-se a dizer o Director. — Noutra altura... talvez. Depende do modo como as coisas correrem

– levantou-se e começou a caminhar para a porta.

Jamie percebeu que estas palavras eram um sinal de que deveria ir andando. Quando chegou à porta, o Dr. Dyer agarrou na maçaneta mas, por um momento, não a girou.

— Só mais uma coisa – disse ele. — Pelo que percebi, és amigo da Emily Straight.

O rapaz protestou:

— Isso não é verdade, Professor. O que se passa é que ela insiste em fazer-me a vida negra. Eu nunca quis ter nada a ver com ela.

— Ah, estou a ver! Fico contente por ouvir isso. Uma rapariga inteligente, sem dúvida. Até cheguei a pensar em dar-lhe aulas. Mas não – acrescentou ele com um abanar triste da cabeça. — Demasiado teimosa. Uma causadora de sarilhos nata, aquela rapariga.

Jamie deixou o gabinete sentindo-se nas nuvens e dirigiu-se imediatamente à sala dos computadores. Tinha um *e-mail* importante para enviar.

21

3 de Novembro

Esta tarde consegui encontrar um computador que ainda funciona e enviei o seguinte e-mail:

Queridos Mãe e Pai:

Nem imaginam. O vosso filho é um génio! Acabei de encontrar-me com o Director e ele disse que sou EXCEPCIONAL! Que tal? Estou estupefacto. A minha cabeça ainda anda às voltas. E prestem atenção a isto: daqui em diante, o próprio Director vai dar-me acompanhamento personalizado para as minhas aulas de ciências. Não se preocupem, o Dr. Dyer pediu-me que vos dissesse que não vos ia custar dinheiro algum. Disse que era um enorme prazer ensinar génios como eu. Que tal!!!???

O vosso filho que vos adora, Jamie (Einstein) Smith

22

— Pelo que Miss Peters me disse, começaste por ter alguns problemas – disse o Dr. Dyer no início da sua primeira aula juntos. — Qualquer coisa relacionada com o movimento dos planetas?

— Ah, nem por isso – retorquiu o rapaz. — Eu *tive* um problema. Não conseguia entender como é que a Terra continuava a girar à volta do Sol se não continha uma força que a mantivesse em movimento. Mas, depois, aprendi sobre a gravidade: o Sol puxa a Terra. Portanto, tudo ficou bem a partir daí.

— Ah, sim? – perguntou o Director, desconfiado. — Como é que isso ajuda? A força está a puxar na direcção errada.

— Na direcção... errada? Hum... Não estou a perceber...

— A Terra gira em torno do Sol seguindo um percurso quase circular, ou órbita. O Sol está no centro desse círculo. Assim, à medida que a Terra gira à sua volta, o Sol puxa-a *lateralmente*; não está a puxar na direcção em que a Terra se mover, por isso não pode afectar a velocidade a que a Terra vai.

— Ah! Nesse caso, não compreendo – confessou Jamie, confuso. — Então, de onde *vem* o empurrão que mantém a Terra em movimento?

— Não existe. Não há necessidade de empurrão.

— Mas...

— A situação normal é que as coisas fiquem como estão, a não ser que uma força entre em acção. Por isso, se um objecto está em movimento e não existe uma força, vai continuar a mover-se a uma velocidade estável em linha recta. Se algo está imóvel e não existe uma força, então continuará imóvel. Ficou claro?

— Hum... nem por isso, Professor – gaguejou Jamie. — Então e aquelas experiências que fizemos no laboratório com livros a serem empurrados ao longo do tampo da mesa? Não continham qualquer força, mas não continuaram o seu movimento a uma velocidade estável.

— Mas *havia* uma força em acção – insistiu o Dr. Dyer. — Chama-se *atrito*. À medida que o livro deslizava sobre a superfície, esta exercia nele uma força de atrito, força esta que tendia a fazer com que o livro abrandasse.

— Abrandar? – disse Jamie, confuso — Mas eu pensei que as forças faziam as coisas mover-se mais depressa.

— Depende. Se a força é exercida na *mesma* direcção que o movimento do livro, sim, fará com que se desloque mais depressa. Mas se a força operar numa direcção *oposta*, como o atrito, fará com que o livro abrande.

— Então, se não houvesse atrito o livro continuaria o seu movimento para sempre? É isso que quer dizer? – perguntou o rapaz, de olhos esbugalhados.

— Isso mesmo. E é isso que acontece com a Terra. No espaço não existe atrito, daí que continue simplesmente o movimento.

— E em relação à gravidade do Sol – perguntou —, o que faz à Terra?

— Como disse, a gravidade age de forma lateral sobre a Terra. E porque age lateralmente, faz com que a Terra não ande nem mais depressa, nem mais devagar. Em vez disso, muda a direcção em que a Terra se move. Sem a gravidade do Sol, a Terra voaria para o espaço sideral *numa linha recta.* Mas isso não acontece; o seu caminho é mantido numa órbita fechada, devido à gravidade do Sol. E, claro, o mesmo acontece com os outros planetas: Vénus, Marte, etc. Está bem?

Jamie acenou afirmativamente, mas ainda parecia confuso:

— Quanto àquele livro. Nós demos-lhe um empurrão, por isso ele tinha "empurrão", não é? Depois abrandou por causa do atrito. O que aconteceu então ao empurrão? Foi ou não "esgotado", como disse Miss Peters?

— Não gosto que fales em ter "empurrão" - disse o Director. — O que dizemos é: a força, quando actua sobre o livro, dá-lhe *energia*, não "empurrão". A energia é a capacidade de fazer coisas, como seja empurrar outras coisas para fora do caminho. Daí que quando o livro roça contra os átomos que constituem a superfície do tampo da mesa, isto faz com que os átomos vibrem e, geralmente, se movam de um lado para o outro. Para tal, é preciso energia e essa energia vem do livro. Às tantas, o livro passou toda a sua energia para os átomos do tampo de mesa e não tem nenhuns de sobra, por isso pára.

Jamie reflectiu sobre isto durante algum tempo e começou depois a pensar sobre a gravidade. Fez perguntas sobre a bola que foi primeiro atirada para cima e depois caiu.

— Não compreendo como é que a gravidade sabia quando deveria começar a puxar, como sabia que a bola tinha chegado ao topo do seu voo?

— Ah, mas não é nada assim que funciona, Jamie. A gravidade opera enquanto a bola vai no seu caminho ascendente...

— *Ascendente*? Mas eu pensei que só entrava em acção no caminho descendente? - interrompeu o rapaz.

— É certo que a gravidade opera no percurso descendente, mas também age no caminho ascendente. É a força da gravidade que abranda a velocidade da bola enquanto esta sobe.

— Como?

— É óbvio. A bola move-se para *cima*, mas a força da gravidade puxa-a para *baixo*. Estão em direcções opostas. Por isso, a bola abranda. No sentido descendente, a bola move-se na mesma direcção que a gravidade, por isso aumenta de velocidade.

Era como uma nuvem que se dissipava. Pela primeira vez, Jamie sentiu que começava a compreender o que se passava. A gravidade não precisava de saber quando deveria agir; agia constantemente! Mas depois, outro pensamento o assolou:

— Então e a energia? – perguntou ele. — A energia que a bola tinha quando começou a subir, mas que não tinha quando parou no topo do seu voo. Para onde foi ela?

— Foi armazenada – replicou o Dr. Dyer.

— Armazenada?! – exclamou Jamie.

A expressão do Director tornou-se carregada.

— É isso que eu lhe chamo. Na verdade, o termo científico pelo qual é conhecido é "energia potencial". Lembra-te do que eu te disse: a energia é a capacidade de empurrar coisas. Enquanto a bola está em movimento, pode evidentemente empurrar qualquer coisa que apareça no seu caminho; a isso chamamos "energia cinética", ou energia do movimento. Mas e em relação à bola no topo do seu voo? Imagina que, subitamente, nos esticávamos e a segurávamos por um momento...

Jamie lembrou-se brevemente da Emily fazendo isso com a sua bola de ténis.

— ... Continuará a bola a ter a capacidade de empurrar as coisas para fora do seu caminho?

— Não, se não está em movimento – respondeu Jamie.

— Não, agora não está em movimento; então e se tu a largasses? – perguntou o Director.

— Bem, sim. Se a largasse, ganharia velocidade à medida que descesse. E aí seria capaz de empurrar as coisas de novo.

— Precisamente. Portanto, a bola podia não estar a mover-se quando estava no topo, mas tinha a *capacidade* de o fazer, devido à sua altura em relação ao chão. Tudo o que tinhas de fazer era largá-la. O que significa que tinha um tipo de energia, energia a que podia recorrer; uma espécie de energia acumulada, a que chamamos energia potencial.

— Então – perguntou o rapaz pensativamente —, o que começa por ser energia cinética, quando a princípio se atira a bola, torna-se energia potencial no topo e, depois, torna-se energia cinética de novo quando cai.

— Perfeito! Já percebeste! – disse o Dr. Dyer, radiante.

Foram interrompidos por alguém a bater. O Director olhou para o seu relógio.

— Meu Deus, já são estas horas? – Levantando a voz, disse — Obrigado, Miss Bright. É só um momento.

Virando-se de novo para Jamie, acrescentou.

— Infelizmente, o nosso tempo chegou ao fim.

— Só mais uma coisa – disse o rapaz apressadamente. — Disse que a gravidade puxa constantemente, não está sempre a ligar-se e a desligar-se. Bem, e o livro que está sobre a mesa, parado, quando se encontra imóvel. O que aconteceu à gravi-dade nesse caso?

— Continua lá. Está sempre lá.

— Mas, não percebo. O livro não está a fazer nada. Aprendi que, nessa situação, a gravidade não puxa porque a mesa está no seu caminho.

— Ah, balelas – o Dr. Dyer riu-se, fazendo um movimento com as sobrancelhas. — Não, Jamie. A gravidade continua a puxar. A questão é que o tampo da mesa também exerce uma força sobre o livro. Empurra-o para cima. A gravidade puxa o livro para *baixo*; a mesa empurra-o para *cima*. As duas conseguem um equilíbrio exacto, o que faz com que o livro fique onde está.

— Havia mais uma coisa – continuou Jamie.

— Agora não. Tenho de receber outra pessoa – insistiu o Dr. Dyer. — Fico contente por estares interessado. Mas agora vai andando. Vai ter que ficar para a próxima ocasião.

23

6 de Novembro

Hoje tive a minha primeira aula particular com o Dr. Dyer. Foi excelente! Subitamente, tudo ficou claro. É como ficar a saber um segredo.

Deixei o seu gabinete a pensar que mal podia esperar pela aula seguinte para começar a pôr os outros na linha, especialmente aquela Sarah-sabe-tudo. Adorava conseguir tirar aquele sorrisinho presunçoso da cara dela.

Só que, claro, não posso. Faz parte do acordo que tenho com o Director e não devo levantar ondas; não posso perturbar a aula de Miss Peters fazendo perguntas embaraçosas.

No fim da aula, tentei perguntar ao Director por que deixava Miss Peters ensinar aqueles disparates, mas era tarde demais, o meu tempo acabara. Pergunto-lhe da próxima vez. E pensar que eu acreditava que ela era uma boa professora. Ela faz com que tudo pareça simples e de senso comum, mas agora é evidente que muito do que ela diz está pura e simplesmente errado, algo que Emily Straight descobriu há séculos. Não há dúvida: a Emily é esperta. É uma pena que seja tão chata.

24

— No fim da aula passada, um rapaz veio ter comigo e fez-me uma pergunta – disse Miss Peters.

Para horror de Jamie, ela olhou directamente para ele. Todos na aula se voltaram para olhar.

— Oh, não! Não me diga que o Jamie anda a fazer as suas perguntas estúpidas de novo – queixou-se a Sarah. — Porque não lhe diz simplesmente para ir passear, Miss?

— Não, não – respondeu Miss Peters rapidamente. — Esta foi uma questão sensata. Traz-nos facilmente ao nosso tema de hoje. Vamos falar sobre o aquecimento e o arrefecimento de objectos.

Uma questão *sensata*?, pensou Jamie. Não foi o que ela dissera anteriormente. O que vem a ser isto?

— Já vimos que os metais, como as colheres, são geralmente frios – continuou ela. — Mas a observação que o Jamie fez foi que se pusermos uma colher numa chávena de café ou chá quente, ela fica quente, muito quente. Logo, o que temos de descobrir é por que é que isso acontece.

Meu Deus, pensou Jamie, ela vai finalmente ensinar-nos ciência a sério.

— Temos aqui uma cabeça de machado em ferro e uma tigela de farinha – continuou ela. — Gostava que todos vocês tocassem em ambos e me dissessem qual pensam que é o mais quente e qual o mais frio.

A turma foi à vez experimentar a sensação.

— *Não* faças isso, Christopher – ralhou Miss Peters, à medida que o Chris limpava a mão enfarinhada nas costas da camisola da Sarah. — Lava as mãos e depois limpa essa porcaria que fizeste. Depois de tocarem na farinha lavem as mãos no lavatório.

Assim fizeram.

— Então, o que decidiram? – perguntou Miss Peters.

Concordaram que a cabeça de machado era mais fria do que a farinha.

— Certo, vou agora colocar no forno a cabeça de machado e a tigela com farinha. Já está ligado há algum tempo. Está regulado para a temperatura de 60º C, portanto não há-de demorar muito tempo a aquecer.

Entretanto, continuaram com outras experiências. Um grupo encheu uma pequena proveta com água e colocou-a no congelador. De vez em quando, retiravam-na e mediam a temperatura da água com um termómetro para saber a que velocidade ia arrefecendo.

Ao mesmo tempo, outros colocavam uma proveta com água num tripé e fixavam um segundo termómetro num suporte de modo a que parte dele ficasse na água. Acenderam uma lamparina por baixo da proveta e observaram a temperatura a subir. Quando atingiu os 100º C, a água entrou em ebulição, libertando nuvens de vapor.

— Hum... Miss – disse a Rosita. — Precisamos de outro termómetro. Este está partido.

— E porquê? – perguntou a professora.

— Não trabalha. Parou. Ainda estamos a aquecer a água, mas o termómetro já não se move. Continua a marcar os 100º C.

— Ah, nada de preocupante – disse Miss Peters com um sorriso. — O termómetro não ultrapassa esse valor, apenas consegue atingir os 100º C. Não precisamos que vá para além disso. O importante é que a água entra em ebulição quando atinge os 100º C. Tomem nota disso, por favor.

Dirigiu-se de seguida aos outros que tinham acabado de tirar a outra proveta do congelador.

— Ah, está a acontecer qualquer coisa – anunciou ela. — Olhem, meninos. Aqui nesta aresta. O que é aquilo?

— Gelo, Miss.

— Sim, está a formar-se gelo. O gelo forma-se à temperatura de... Bom, vejam vocês mesmos. O que é que diz?

Eles olharam para o termómetro. Marcava 0º C.

— Certo. Tomem nota disso também – disse ela. — A água transforma-se em gelo quando desce até à temperatura de 0º C.

De volta ao forno, ela continuou:

— É altura de vermos o que está a acontecer com a cabeça de machado e a farinha. – Abriu o forno e retirou-os de lá.

— Precisamos de descobrir qual dos dois aqueceu mais. Passem-nos uns aos outros o mais depressa possível; vão começar a arrefecer em breve.

Todos os alunos lhes tocaram por instantes. Não havia dúvidas: a cabeça de machado estava mais quente, enquanto que a farinha mal tinha aquecido.

— Muito bem. Isto significa que o metal da cabeça de machado é um bom absorvedor de calor e aquece facilmente, ao passo que a farinha não absorve o calor da mesma maneira e, portanto, não aquece tanto. Uma vez fora do forno, o metal perde calor muito rapidamente, muito mais depressa do que a farinha. É por isso que acaba por ficar muito mais frio do que a farinha, que é o que descobrimos no início da aula. E, claro, podíamos ter feito esta experiência com outros tipos de coisas. O mármore, por exemplo. Da última vez, descobrimos que o mármore é geralmente frio. Se o pusermos num forno, ele absorve o calor e fica muito quente; se o retirarmos de lá, acontece-lhe o mesmo que à cabeça de machado: perde o calor rapidamente e volta ao seu estado natural, ou seja, frio de novo. Por outro lado, a areia e o açúcar não absorvem o calor, nem o perdem. São como a farinha: conservam sempre mais ou menos a mesma temperatura. Está percebido? – perguntou ela, sorrindo para a turma.

— Sim, Miss – disse a Rosita. — Não há dúvidas.

— Óptimo. Então e tu, Jamie? – disse a professora, voltando-se para ele. — Será que isto responde à tua pergunta sobre a colher quente na chávena de café?

— Penso que sim – concordou Jamie. — Obrigado.

Miss Peters olhou para o relógio.

— Temos cinco minutos antes de tocar. Alguém tem perguntas que queira fazer acerca do calor e da temperatura e esse tipo de coisas antes de sairmos para aproveitar o sol maravilhoso lá fora? – disse ela, olhando pela janela.

— Sim, Miss – disse o Helmut. — O Sol é considerado grande e quente, não é?

— Muito grande e muito quente.

— Pois, então o que eu quero saber é (já que o Sol é tão grande e tão quente) por que razão parece uma fogueira ser mais quente?

— Boa pergunta. Aproxima-te de uma fogueira e ficas chamuscado num abrir e fechar de olhos. Ao passo que o Sol demoraria muito mais tempo a fazê-lo, mesmo num dia dos mais quentes. Alguém tem alguma ideia?

Após trocarem alguns olhares furtivos, todos abanaram negativamente a cabeça.

— Na verdade, é simples – explicou Miss Peters. — O Sol está muito longe. É preciso muito tempo para que o calor e os raios de sol nos atinjam. Quando chegam até nós, já estão velhos e gastos. Com uma fogueira é diferente. Os raios chegam num abrir e fechar de olhos; são novos, acabados de fazer. É por isso que são mais quentes.

Tocou para o intervalo.

25

8 de Novembro

As coisas agora vão de vento em popa. Não só estou a ter explicações com o Director, como até Miss Peters agora já está mais coerente. Se pensarmos nisso é bastante evidente o que ela disse acerca dos metais serem bons a absorver o calor e a aquecer facilmente, e depois libertarem o calor para voltar a ficar frios de novo. E a farinha ficar sempre mais ou menos na mesma temperatura, e parecer sempre meio quente. Espero que Emily estivesse a prestar atenção.

À hora de dormir, quando as luzes são apagadas, temos quinze minutos de "tempo para sussurrar". A noite passada, o Helmut aproximou-se e sussurrou-me: «Ouvi dizer que esta tarde tiveste uma aula de apoio com o Dr. Dyer. Isso é bom. Não te preocupes. Tenho a certeza que ele te vai ajudar a recuperar.»

Eu, recuperar!? Apoio!? É isso que a turma pensa que se passa nas minhas aulas particulares? Fiquei lívido. Mas percebi que as intenções do Helmut eram boas. Estive quase para contar o que realmente se estava a passar, quando me lembrei da minha promessa: não levantar ondas. Não quero que o Dr. Dyer cancele as nossas aulas.

De facto, por falar em "luzes apagadas", já não temos luzes na mesinha de cabeceira devido à escassez de lâmpadas. Tenho de escrever este diário aqui no andar de baixo durante o Tempo de Actividades.

26

— Não, não – disse o Dr. Dyer na sua sessão seguinte com Jamie. — O termómetro não emperrou nos 100º C. Quando a água começa a ferver, a temperatura mantém-se a *mesma*. Todo o calor extra que acrescentas leva simplesmente à produção de mais vapor.

— Estou a ver – disse Jamie. — Então, a água em ebulição está sempre a 100º C e o gelo está sempre a 0º C.

— Hum... Não é bem assim. O gelo que está em formação ou a derreter-se (o gelo que está em contacto com água), esse sim, podes considerar que está a 0º C. Mas, assim que toda a água se transformou em gelo, se continuares a arrefecê-la, a sua temperatura vai descer dos 0º C.

— E quanto maior o cubo de gelo, mais frio será? – perguntou Jamie.

— Não necessariamente.

— Mas eu pensei que sim. Se quero arrefecer uma bebida, quanto maior o cubo de gelo, mais fria ficará a bebida.

— Sem dúvida, mas não porque a temperatura seja mais baixa. Estás a confundir *temperatura* com *calor*. A temperatura mede quão quente alguma coisa é. Num gás, diz-te qual a velocidade a que as pequeninas partículas de gás se movem; com um sólido ou um líquido tem tudo a ver com a velocidade a que os átomos se movem e vibram. Por outro lado, o calor é uma forma de energia. A quantidade de calor que um líquido tem depende não só de quão quente é, mas também da quantidade de líquido em questão. Uma proveta cheia de água a ferver terá o dobro do calor, ou energia, de uma que esteja apenas meio cheia de água a ferver, apesar de ambas terem a mesma temperatura: 100º C.

— Então, se eu tiver dois cubos de gelo, um com o dobro do tamanho do outro, à mesma temperatura, o maior terá o dobro do frio do outro?

— Quase. Mas não é bem. Não falamos propriamente de uma coisa ter "frio". "Calor", sim, mas não "frio". Quando colocas um cubo de gelo numa bebida, não se trata de o frio sair do cubo para a bebida. O que acontece é que o calor (energia), vai da bebida para o cubo. Um cubo com o dobro do tamanho pode absorver o dobro da quantidade de calor da bebida antes de derreter. É por isso que o cubo maior é melhor a fazer com que a bebida arrefeça e não por o cubo ser mais frio.

Jamie estava estupefacto: afinal de contas, Emily estava certa. O "frio" não existe!

A próxima coisa que Jamie aprendeu com o Dr. Dyer foi que o metal e o mármore *não* eram naturalmente frios, e que a lã e o polietileno não eram naturalmente quentes, apesar do que Miss Peters dissera. A princípio, pareceu-lhe difícil acreditar nisto. Afinal de contas, toda a turma tinha tocado nestas coisas e concordado que algumas delas eram quentes ao toque e outras frias. Mas, segundo o Dr. Dyer, o que realmente tinha acontecido é que o calor passara dos objectos mais quentes para os mais frios, e assim continuou até que tudo tivesse atingido a *mesma* temperatura. Portanto, se as coisas tivessem permanecido na sala o tempo suficiente para que as suas temperaturas ficassem idênticas, o metal, o mármore, a lã e o polietileno deviam todos ter a mesma temperatura, a temperatura da sala, *apesar do que parecia ao toque.*

— O que nos deixa com a questão do porquê sentirem de forma diferente ao tacto – disse o Director.

— É bem verdade – retorquiu o rapaz. — E por que razão assim foi?

— Bem, pensemos nisso. A tua mão estava mais quente do que os objectos em que pegaste, não é? Estava à temperatura do corpo, e não à temperatura da sala. Portanto, o calor passou da tua mão para o objecto. A tua mão arrefeceu um pouco; a camada exterior do objecto aqueceu um pouco. O calor foi depois da camada exterior do objecto até ao interior do objecto. Isso permitiu que mais calor fosse extraído da tua mão e esta arrefeceu um pouco mais.

«O importante é o seguinte: o calor passa mais depressa através de alguns materiais do que de outros. Os metais são particularmente bons a deixar passar o calor. Dizemos que são bons "condutores" de calor. O polietileno é bastante mau nisto; é um mau condutor. Assim, se aquilo em que pegaste era um bom condutor – por exemplo, uma colher de metal – o calor saiu rapidamente da superfície. Isso significa que a tua mão arrefeceu rapidamente e o metal era frio ao toque. Quando pegaste num mau condutor, uma chávena de polietileno ou uma bola de lã, o calor da tua mão passou para a camada de superfície, mas estancou ali; foi passando para o interior muito lentamente. Daí que a camada exterior se tenha mantido quente por mais tempo. É por isso que esses materiais eram mais quentes ao toque.

— É por isso que usamos roupas de lã no inverno? – inquiriu.

— Sim, isso mesmo. A lã é um mau condutor, o que faz com que o calor do teu corpo permaneça no interior. É boa a manter o calor no interior.

— Manter o calor no interior; não o frio lá fora – disse Jamie.

O Dr. Dyer sorriu e acenou com a cabeça.

— Muito bem. Estás a perceber.

Jamie continuou a descrever a experiência em que aqueceram a farinha e a cabeça de machado no forno. Novamente, para sua surpresa, aprendeu agora que a farinha e a cabeça de machado deviam estar à mesma temperatura: 60º C, independentemente do que parecia ao tacto. Desta vez, eram ambos mais quentes do que a mão de Jamie, por isso o calor fora conduzido a partir deles para a mão. Devido ao facto de o ferro da cabeça de machado ser um bom condutor, uma grande quantidade de calor entrara rapidamente para a sua mão e aquecera-a num abrir e fechar de olhos, fazendo com que a cabeça de machado parecesse quente. Em relação à farinha, o calor fora conduzido lentamente, a sua mão não aqueceu quase nada, por isso a farinha não parecia quente.

O Director continuou, explicando como um dos problemas em manter uma casa quente é que as paredes de tijolo e as janelas de vidro são condutores bastante bons; o calor perde-se facilmente através deles para o exterior. O ar, por seu lado, é um mau condutor: vinte a trinta vezes pior. É por essa razão que é bom ter vidros duplos, que têm uma camada de ar entre os dois vidros – o ar vai abrandando a condução de calor através da folga. O mesmo se aplica a paredes duplas, que têm uma folga de ar entre os muros de tijolo interior e exterior. O polietileno é um mau condutor, por isso é frequentemente usado para impedir que o calor seja perdido através do telhado de um edifício.

Finalmente, Jamie pensou em esclarecer o assunto sobre os raios de Sol cansados, gastos e os da fogueira, novos e acabados de fazer. Ficou a saber pelo Director que, também neste caso, nem uma palavra em relação a isso era verdadeira! A verdadeira razão pela qual os raios de Sol não parecem tão quentes quanto os de uma fogueira é porque, estando o

Sol a uma tão grande distância, recebemos apenas uma pequena fracção dos raios de calor que ele transmite (os restantes são todos espalhados pelo espaço). Em relação à fogueira, estamos quase em cima dela, o que faz com que captemos uma fracção muito maior. Assim, apesar de o Sol fornecer muito mais calor do que a fogueira, uma grande parte de calor da fogueira pode parecer maior do que a pequena fracção do calor do Sol.

Na verdade, essa *não* foi a última questão de Jamie. Lembrou-se de como, na sessão passada, tinha querido perguntar ao Dr. Dyer por que razão Miss Peters andava a contar uma data de mentiras à turma. Obviamente, ele não podia fazer a sua pergunta bem por estas palavras.

— Professor, pode por favor dizer-me por que razão Miss Peters nos conta coisas diferentes do que me está a contar agora? Por que é que ela não explica as coisas da mesma forma que o Professor?

— Eu já te disse – respondeu o Director asperamente. — Quando decidi dar-te aulas partuculares, expliquei-te tudo o que se passava.

— Nem por isso, Professor.

O Dr. Dyer encolheu os ombros.

— Bom, não há qualquer mistério. Ela ensina ciência do senso comum, e fá-lo muito bem. Não há necessidade de encher as mentes das pessoas com coisas confusas e demasiado minuciosas se o senso comum é quanto basta. Repara, por exemplo, no que estivemos a ver na aula passada acerca do livro que estava em cima da mesa sem fazer nada. Porquê trazer para aqui a gravidade? Se começamos a falar de gravidade que age sobre o livro, levanta-se imediatamente na mente do aluno a questão sobre o porquê de o livro não se mover. Há uma força a agir sobre ele, portanto espera-se que ele comece a mover-se, não é? Daí que o que tem de se fazer *agora* é introduzir uma outra força: a que é exercida pelo tampo da mesa. Tem de se explicar como é equivalente à primeira em força, mas age na direcção oposta. Isso significa que anula a primeira. Portanto, acaba por não se ter qualquer força ou, pelo menos, o equivalente a nenhuma força. Bem, pergunto-te eu: se assim é, por que não simplesmente estabelecer que não existe qualquer força? Porquê complicar as coisas? Por que não seguir o atalho para chegar à mesma conclusão?

«Ou repara no tipo de coisa com que estamos a lidar neste preciso momento: um pedaço de mármore que é mais frio ao toque do que uma chávena de polietileno. A ciência do senso comum diz que tal se deve ao facto de o mármore ser mais frio. Acabou-se o assunto. Por outro lado, a ciência minuciosa diz que, na realidade, o mármore e a chávena estão à mesma temperatura. Depois, tem de se explicar por que razão estando ambos à mesma temperatura, não *parece* que assim seja quando se lhes toca. Portanto, como eu estava a explicar ainda agora, tem depois de se falar sobre o calor que se perde da mão quente para o objecto que se segura. Isso introduz depois toda a questão de o calor ser conduzido a partir da camada exterior para o interior, a diferença entre bons condutores e maus condutores, etc., etc. Acaba por se concluir que um objecto, devido à sua própria natureza, apresenta uma maior tendência do que outro para arrefecer a mão, que é o que se concluiria se disséssemos simplesmente que alguns objectos são naturalmente frios e outros quentes.

— Mas – hesitou Jamie, não sabendo se teria coragem de dizê-lo —, as ciências do senso comum não são... bem, não são exactamente *verdadeiras*.

O Dr. Dyer levantou-se e caminhou em silêncio em direcção à janela, onde se quedou a olhar para o Sol que se punha por detrás das árvores. Lentamente, correu as cortinas.

— Não, Jamie. Tens razão. Não são propriamente verdadeiras. Mas, por outro lado, como sabemos nós que as ciências minuciosas são verdadeiras? Não sabemos – voltou para dentro e sentou-se de novo. — As ideias científicas estão sempre a mudar. Chama-se a isso "progresso científico".

— Mas, calculo que as ciências minuciosas estejam mais *perto* de serem verdadeiras, não?

— Os cientistas gostariam de pensar que sim. E se alguém tem a intenção de se tornar cientista, tem de aprender as coisas chatas, minuciosas.Quanto aos outros, qual é a necessidade? A ciência do senso comum é suficiente para a maioria das pessoas. Os alunos aqui da Academia apreciam-na. Porquê tornar a vida difícil quando não tem de assim ser, hã?

27

7 de Setembro

Cumprindo a sua promessa, a Mãe e o Pai voltaram a casa para as férias de Natal. E mais, mesmo a tempo para o Dia dos Pais. O Dia dos Pais é a celebração especial de Natal da escola. Acima está apenas o Dia do Discurso, que tem lugar no Verão. Preparam-se todos os eventos: exibições de trabalhos nas salas de aula, um concerto, uma peça de teatro, espectáculos de ginástica, e por aí fora.

Chegaram atrasados. Deveriam ter aterrado no aeroporto de Heathrow, em Londres, mas estava fechado, provavelmente para sempre (o sistema de radar avariara e o controlo de tráfego aéreo não consegue obter um novo). Foi por isso que foram desviados para Manchester. De facto, a maioria dos pais chegaram atrasados. O comboio de Stewkbourne avariou-se, como de costume. E não foi só isso, houve problemas com os sinais ferroviários mesmo à entrada de Buckbury.

Assim que conseguiram lá chegar, levei-os numa visita guiada pela escola, pelos locais que eles não tinham visto na sua primeira visita, quando viemos à entrevista. Passeámos pelos terrenos da Academia.

Comecei por chamar-lhes a atenção para o poço nos jardins geometricamente desenhados. Não se consegue ver mais do que a tampa de ferro no chão. É ali que Miss Crowe guarda o seu crocodilo. Quando os miúdos causam sarilhos, ela mete-os dentro do poço, de cabeça para baixo, no escuro. Têm depois de estar atentos ao crocodilo a deslizar na sua direcção e desviar as cabeças para lhe escaparem quando ele dá um golpe com as suas mandíbulas. Se alguma vez ouvirem que um aluno foi "excluído da Academia por mau comportamento", isso significa que não foi suficientemente rápido.

Contei isto tudo à Mãe e ao Pai, mas eles não acreditaram numa só palavra. (Não posso culpá-los por isso.) Uma das coisas que eu gosto em relação à Academia é a quantidade de histórias esquisitas e maravilhosas a que foi dando origem. Nunca sabemos se as devemos levar a sério ou não.

Chegámos ao limite do jardim, onde era permitida a entrada apenas aos funcionários e aos delegados. Apontei para o carvalho majestoso que marca o centro do jardim. Contei-lhes sobre a Pedra Sacrificial na base da árvore. Não que eu a tenha visto, claro; não nos é permitido aproximarmo-nos. Mas vi uma fotografia dela. Tem um aspecto muito estranho; não há nenhuma outra pedra em nenhum outro lugar como aquela. É por isso que existe uma teoria que diz que é um meteorito que caiu do espaço.

Expliquei-lhes que se chamava Pedra Sacrificial devido à sua superfície lisa. Era usada como altar onde animais – e, dizem alguns, humanos – eram sacrificados aos deuses. O sangue corria ao longo de uma fenda especial. A Mãe pediu-me para eu parar porque estava causar-lhe arrepios.

Mostrei-lhes as fotografias da escola no corredor. Todos os anos se tira uma fotografia com todos os funcionários e alunos. São todos alinhados em filas em frente do pórtico principal. Falei-lhes na famosa fotografia que tem o fantasma da escola. É um rosto que está numa das janelas do dormitório. Enquanto toda a gente estava lá fora a tirar a fotografia, esta figura solitária estava à janela a olhar para o exterior. A Mãe e o Pai também não acreditaram numa única palavra desta história. O Pai disse que provavelmente era um dos funcionários a levar a roupa lavada ao dormitório. A Mãe nem sequer achou que fosse um rosto. Disse que parecia mais ser uma tigela ou um espelho fixado no vão da janela. De qualquer forma, disse eu, toda a gente diz que é um fantasma – portanto! Desatámos a rir às gargalhadas.

Dirigimo-nos em seguida para a sala de jantar para tomar uma bebida, antes de irmos para o Salão ouvir o concerto escolar. Foi então que vimos Lorde Swanley, o Presidente dos Preceptores. Estava sentado na fila da frente, a dormir ferrado. É o primeiro aristocrata a sério que vi na vida. Parecia bastante velho e caquético. Diz-se que tem cem anos de idade.

E foi assim que se passou o dia. Um dos mais felizes que já vivi. Agora percebo que, num curto período de tempo, comecei realmente a gostar de estar na Academia. Agora estou a sair-me bem. Quanto às aulas particulares com o Director, a Mãe e o Pai acham que é fantástico! Ouvi-os comentar o assunto com outros pais, fingindo não lhe dar grande importância. Mas, na verdade, estavam a exibir-se em relação a mim. E não é só isso, eles agora parecem mesmo felizes juntos. Sim. Quer-me parecer que está tudo a correr mesmo bem.

28

Era habitual na Academia fazer os testes após as férias de Natal, no início do segundo período (o que estragava as férias). Os resultados de Jamie foram bastante bons, excepto a ciências. O problema é que ele tinha aprendido mais do que devia. Enquanto fazia o teste, esquecia-se continuamente que o que Miss Peters pretendia era respostas do "senso comum". Escreveu e tornou a escrever o que o Dr. Dyer lhe ensinara, e que ele sabia serem as respostas correctas; mas, quando Miss Peters entregou os testes, aquelas partes das suas respostas tinham sido riscadas com cruzes e não lhe tinham valido qualquer pontuação.

A primeira aula de Miss Peters no novo período foi sobre electricidade. Tiveram de montar um circuito que incluía uma pilha, um interruptor e duas lâmpadas. Estes elementos estavam ligados por fios. Assim que o interruptor foi ligado em 'ON', ambas as lâmpadas se acenderam.

— Então – disse Miss Peters. — O que pensam que se está a passar aqui? Helmut, alguma ideia?

— Hum... bem, calculo que a corrente eléctrica esteja a passar da pilha... e a entrar nas lâmpadas... e é isso. A electricidade entra nas lâmpadas, acumula-se aí e transforma-se em luz. Sim?

— Através de qual dos dois fios da pilha é que a corrente eléctrica passa? – perguntou a professora.

— Através do que tem o interruptor, claro. As luzes só se acenderam quando o interruptor foi colocado na posição ON. Até então, o interruptor estava a obstruir a electricidade. Portanto, é o fio que tem o interruptor.

— Então e o segundo fio? Para que é que serve?

O Helmut encolheu os ombros.

— Não sei. Calculo que seja um suplente, para o caso de o outro se partir.

— Alguém tem mais alguma ideia? – perguntou Miss Peters.

A Rosita levantou a mão.

— Eu não acho que isso esteja correcto. O segundo fio tem de estar ali por alguma razão. Além disso, se a electricidade estivesse a passar apenas por um fio, seria toda gasta na lâmpada a que chegasse em primeiro lugar, não sobrando, portanto, nenhuma para a segunda. Ou, pelo menos, a segunda não brilharia tanto porque só teria os restos da electricidade.

O Chris concordou.

— Sim, o segundo fio tem de estar a fazer *alguma coisa*. O que acho que está a acontecer é que a corrente eléctrica vem da pilha através de *ambos* os fios. A electricidade neste fio – disse ele, apontando para o fio da extremidade esquerda da pilha — vai acender esta lâmpada – apontou para a lâmpada à esquerda. — A electricidade no outro fio acende a outra.

— Não, não – declarou a Sarah. — Vocês estão todos errados. As correntes eléctricas partem da pilha e passam por ambos os fios, mas quando chegam à lâmpada, chocam; vão de encontro uma à outra. As duas correntes vão em direcções opostas e chocam, e tudo aquece por causa das colisões, e é daí que vêm o calor e a luz.

Apesar de Jamie detestar a ideia de alguma vez concordar com a Sarah-sabe-tudo, teve que admitir que a explicação dela era a que soava melhor.

E foi aí que Miss Peters pediu que fossem a votos. Cada aluno tinha de decidir qual era a melhor resposta. A maioria votou, com uma larga margem, a favor da ideia das "correntes que chocam" da Sarah, resultado acolhido pela própria Sarah com um sorriso presumido.

Miss Peters prosseguiu, perguntando se eles pensavam que alguma corrente regressava à pilha na sua viagem pelo circuito. Alguns pensavam que não, que era gasta nas lâmpadas. Jamie e alguns outros pensavam que talvez regressasse alguma, mas não muita; certamente não tanta quanto a que saíra inicialmente da pilha porque, obviamente, alguma tinha sido usada.

Uma outra questão que ela colocou foi o que aconteceria se acrescentassem uma terceira lâmpada, entre as duas primeiras. Ninguém sabia muito bem. A maioria pensava que continuaria a haver um choque nas primeiras lâmpadas a que a corrente chegasse e que, provavelmente, não sobraria muita de qualquer das correntes para a do meio, pelo que esta teria provavelmente uma luz mais fraca. Mas depois o Chris observou que poderia ser ao contrário. Se pensássemos na corrente que vinha do terminal do lado esquerdo, ela teria de passar tanto pela lâmpada da esquerda como pela lâmpada do meio antes que chegasse à da direita. Por esta altura, já estaria praticamente toda gasta e não sobraria muita para chocar com a corrente do terminal do lado direito. Por isso não haveria por ali muitos choques a acontecerem na lâmpada do lado direito, o que faria com que a sua lâmpada fosse fraca. O mesmo se aplicaria à lâmpada do lado esquerdo porque não haveria muita electricidade a passar da direita. Não, quanto mais a turma discutia o assunto, mais convencidos ficavam de que a lâmpada do meio seria a mais brilhante – a lâmpada onde as correntes vindas de direcções opostas se tornariam na mesma.

— Excelente! – declarou Miss Peters. — É isso que eu gosto de ouvir. Uma boa discussão, inteligente. Imensas sugestões interessantes. As pessoas a olharem para o problema a partir de pontos de vista diferentes, perspectivas diferentes. Usando o nosso bom senso comum para reflectir sobre todos estes assuntos. Este é exactamente o tipo de pensamento arguto que tentamos incentivar aqui na Academia.

Foi assim que terminou a aula. Os alunos saíram, sentindo-se muito satisfeitos consigo mesmos – pelo menos, a maioria deles sentia-se satisfeita.

29

20 de Janeiro

Esta noite foi a festa do dormitório!

Passo a explicar: uma das coisas maravilhosas que temos na Academia são estas festas à meia-noite no dormitório. Compramos a comida na loja dos doces com a nossa semanada. Quando acrescentamos a comida que provém das encomendas dos "betos" ficamos com quantidades enormes. Tudo isto tem de ser escondido de alguma forma. A maior parte dos dormitórios, como o nosso, tem algumas tábuas do soalho soltas. Os pregos foram-lhes retirados há anos por antigos alunos. É um milagre que as empregadas da limpeza nunca reparem que estas tábuas não estão pregadas como deve ser. Talvez até reparem, mas estejam a fazer de conta que não vêem. De qualquer maneira, é aí que escondemos a comida: por baixo das tábuas.

Assim que as luzes se apagam, ficamos à escuta até que o último dos funcionários vá para a cama – geralmente Miss Crowe. Todas as noites a podemos ouvir à caça, escutando às portas para se certificar que estamos todos a dormir (pensa ela). Depois, quando tudo está silencioso, é esse o sinal para que um cobertor de reserva e enrolado seja colocado de modo a tapar a fenda debaixo da porta. Desta forma, quando acendemos a luz principal, ela não passa para o corredor. Depois, toca a levantar as tábuas e toda a gente começa a comer com prazer. As festas são o máximo!

Esta estava quase a terminar quando comecei a falar com o Chris. Disse-lhe que pensava que a nossa última aula de ciências tinha sido uma grande treta. De que vale votarmos todos e depois ela não nos dizer qual era a resposta correcta? O Chris disse que era óbvio: dissemos a resposta certa. Talvez. Mas não tenho a certeza. Ainda por cima, havia aquela terceira lâmpada. Tínhamos discutido sobre o que pensávamos que iria acontecer. Mas por que é que ela não nos mostrou o que realmente acontece quando se acrescenta a lâmpada extra? O Chris bateu-me com uma almofada e disse-me para me calar; eu estava a começar a ficar chato. Tinha razão. Tentei juntar-me a eles, mas desta vez o meu pensamento não estava bem ali. Estava muito atarefado a pensar nas perguntas que iria fazer ao Dr. Dyer da próxima vez que nos encontrássemos.

30

— Compreende o que quero dizer? – disse Jamie. — Só depois é que me apercebi que, na verdade, não sabíamos o que se estava a passar, quem estava certo e quem não estava.

— Ou se *algum* de vocês estava – disse o Dr. Dyer, com um piscar de olhos.

As suas sobrancelhas espessas juntaram-se.

— A primeira coisa que tens de perceber é o que estava a acontecer à corrente eléctrica. A corrente saía de um terminal da pilha, não dos dois. Partiu daquele a que chamamos "positivo". Deu a volta ao circuito e regressou ao terminal negativo. Passou pelas lâmpadas e através de *ambos* os fios, não apenas por um deles. A mesma quantidade de corrente que saiu do terminal positivo voltou ao terminal negativo.

— A *mesma*?!

— É verdade.

— A *mesma* corrente? Está a dizer-me que ela não se gastou nem um bocadinho?

— Não se gastou nada. Não, o que tu tens de compreender é que a corrente eléctrica é feita de pequenas partículas com carga e que passam através dos fios; essas partículas chamam-se "electrões". Todos os electrões que saem da pilha através de um terminal têm de voltar através do outro terminal; eles não se perdem, nem nada do género. Portanto, a corrente – o fluxo de electrões – é a mesma em todo o circuito. De facto, se tivéssemos colocado um multímetro([3]) no circuito, em *qualquer parte* do circuito, ler-se-ia sempre nele o mesmo valor.

— Certo – disse Jamie, hesitante —, se tivermos, vamos supor, dez electrões a sair de um dos terminais da pilha a cada segundo, isso significa que, a cada segundo, chegam dez ao outro terminal.

— É isso mesmo. E a qualquer outro ponto no circuito; a cada segundo passam dez electrões em todos os pontos no circuito. Só que haveria muito mais do que dez. As correntes típicas são feitas de montes e montes de electrões. Mas a tua ideia está certa. Então, agora deverias ser capaz de responder à questão sobre a terceira lâmpada. O que te parece? Qual a sua comparação com as outras duas? – perguntou ele.

— Bem – disse Jamie —, se a corrente que passa através delas é a mesma... hum... bem... calculo que todas elas brilhassem de forma igual.

O Dr. Dyer sorriu-lhe.

— Excelente! É isso mesmo. Se são lâmpadas idênticas, todas elas irradiarão a mesma quantidade de luz. Estás a ver, é fácil assim que percebes esta ideia da corrente ser a mesma em qualquer ponto à volta do circuito.

— Mas, não compreendo – disse Jamie. — Se a corrente não está a ser gasta, o que *está* a ser gasto? Donde vem a luz? Por que é que as pilhas se gastam?

— É *energia* a ser gasta – replicou o Director. — Quando os electrões saem da pilha têm determinada quantidade de energia; quando regressam, têm menos: perderam alguma pelo caminho. A energia eléctrica tranformou-se na energia

([3]) Instrumento de medida universal, que dá os valores de intensidade de corrente, tensão e resistência eléctricas (N.R.)

luminosa das lâmpadas, ou pode ter sido em energia térmica, caso o circuito contenha uma resistência; ou em energia sonora, se estivesse ligado a uma campainha eléctrica.

«É um pouco como o aquecimento central. A água quente flui pelos canos e radiadores. A energia térmica é distribuída pelas divisões da casa de modo que a água regressa à caldeira mais fria do que no início. O que se perdeu foi energia, não água. E também é assim com os electrões no circuito eléctrico. Regressa o mesmo número de electrões, mas eles perderam energia.

— Mas o que eu não percebo é por que existe uma corrente. Por que vão os electrões numa direcção e não outra? Por que se movem eles sequer?

— Ah, é aí que entra a voltagem – explicou o Dr. Dyer. — Até agora, falámos apenas em corrente. A voltagem é uma espécie de pressão: a pilha exerce uma pressão sobre os electrões; empurra-os e obriga a que se mexam e é então que temos o fluxo de corrente. É um pouco como a água a sair de uma torneira; é empurrada para fora pela pressão da água. (Se puseres o teu polegar na boca da torneira, vais senti-lo a ser empurrado.) Da mesma forma, a pilha empurra os electrões para fora de um dos seus terminais e obriga-os a passarem à volta do circuito.

— E quando a pilha se gasta?

— Quando a pilha começa a estar gasta, deixa de empurrar com tanta força, a voltagem decresce, fornece menos corrente, os electrões levam menos energia e as lâmpadas não brilham com tanta intensidade.

Jamie ficou a pensar sobre isto por uns momentos.

— Ainda há alguma coisa a confundir-te? – perguntou o Dr. Dyer.

— Sim – respondeu o rapaz. — Estava a pensar na situação de termos uma terceira lâmpada. Todas elas brilhariam com a mesma intensidade porque a mesma corrente passaria pelas três. Essa parte já percebi. Mas será que elas brilhariam tão intensamente quanto as duas quando havia apenas duas no circuito?

— Bem, o que te parece? – perguntou o Director. — A pilha pode empurrar apenas com a força que tem. Pode ser uma pilha de 9 volts, por exemplo; está escrito de lado. Essa indicação diz com que força pode empurrar. Se colocares uma terceira lâmpada no circuito, isso significa que terá de empurrar a corrente através de uma terceira coisa. É um trabalho mais árduo.

Fez uma pausa e olhou para o seu aluno de forma inquisitiva. Jamie franziu as sobrancelhas e murmurou:

— Bem... se é um trabalho mais árduo e a pilha só pode empurrar com aquela força, suponho que a corrente seria menor e as lâmpadas... sim, as lâmpadas não teriam um brilho tão intenso.

— Aí tens; não tem nada que saber – sorriu o Director.

— Sim – concordou Jamie, alegremente. — Tudo começa a fazer sentido agora. Só que há mais uma coisa – acrescentou ele. — A corrente eléctrica. Ela anda à volta numa direcção em particular, o que significa que chega primeiro a uma das lâmpadas. Tem de acender esta lâmpada antes que chegue às outras. Mas tem de saber quantas lâmpadas existem no circuito para saber com que intensidade deve fazer com que a primeira brilhe. Se há três lâmpadas ao todo, tem de fazer com que esta primeira lâmpada tenha um brilho mais fraco do que se houvesse apenas duas lâmpadas; mas, como ainda só chegou à primeira lâmpada, não *sabe* quantas lâmpadas existem...

O Dr. Dyer riu-se.

— Sim, percebo o que queres dizer. Mas, na verdade, não há nenhum mistério. Estás a falar como se cada electrão estivesse sozinho, a tentar decidir quanta da sua energia deveria fornecer à primeira lâmpada e quanta deveria manter de reserva para quaisquer outras lâmpadas que pudesse haver mais à frente. Mas não é nada assim que as coisas se passam. Os electrões não estão isolados; são como carros presos num engarrafamento na auto-estrada. Quantas vezes já estiveste num carro cujo condutor rogava pragas às lentas filas de trânsito? Ele não sabe qual é a causa, lá mais à frente, do atraso; pode ser um acidente ou obras a decorrer na estrada. Mas, seja qual for a razão, ele é apanhado na marcha lenta. O fluxo de tráfego no qual ele se encontra depende do que passa mais à frente. E é assim que acontece também com o engarrafamento de electrões à volta do circuito. O que se passa em qualquer parte do circuito é governado por *tudo* no circuito.

31

O Octógono era um pequeno edifício de madeira, com oito lados, situado nos terrenos da escola. Não era muito usado, a não ser durante o Tempo de Actividades, altura em que podia transformar-se no ponto de encontro de uma das "sociedades secretas". Isto pressupunha um fim de tarde agradável e seco; o edifício encontrava-se de tal modo degradado que, no tempo de chuva, esta pingava através do telhado.

Jamie tinha o hábito de lá ir sempre que precisava de estudar mais um pouco. Não era fácil estudar no dormitório, já que o local era sempre uma salgalhada de rapazes. Em relação à sala de convívio dos alunos internos, não valia a pena, com o televisor sempre ligado. Geralmente, a biblioteca era um bom local, excepto quando as pessoas andavam em pânico por causa dos testes; nessas alturas costumava ficar com muita gente. Mas, no Octógono era certo que iria estar só. Podia ficar-se calmamente sentado num dos bancos presos às paredes a olhar pelas janelas, para o bosque que ficava para além dos campos de relva.

Só que neste fim de tarde, ele não estava só. Logo à chegada, encontrou uma rapariga lá sentada. Ela tinha a cabeça enfiada, com determinação, num livro. Só depois de Jamie se sentar à sua frente, é que ela levantou os olhos. Era Emily.

— Olá, Jamie – disse ela, com ar relativamente satisfeito.

Ele acenou brevemente com a cabeça.

Ela esboçou um sorriso malicioso.

— Já tinha começado a pensar que andavas a evitar-me.

Jamie sentiu-se incomodado. Não sabia o que dizer. Emily retomou a sua leitura.

Após algum tempo, ela levantou de novo os olhos e fez a seguinte observação:

— Ouvi dizer que tens andado a ter aulas particulares com o Dr. Dyer.

— É verdade.

— Como é que são? – inquiriu ela. — O mesmo tipo de conversa fiada que Miss Peters despeja nas aulas?

— Por acaso, não – descaiu-se Jamie. — Ele explica as coisas como deve ser. Ele resolve os problemas, diz-me o que realmente se passa...

A sua voz foi-se sumindo até ficar apenas um fio. Emily olhava fixamente para ele. Subitamente, apercebeu-se do que fizera. Não deveria contar a ninguém, muito menos àquela rapariga, a Straight.

— Ensina-te ciência *a sério*, disseste tu? – perguntou ela. – Ciência *correcta*, queres tu dizer?

Jamie estava todo desorientado. Não disse nada.

— Sim, senhor. E esta, hã? – murmurou ela. — Afinal de contas, o Dyer sabe alguma coisa de ciências a sério. Que interessante. Faz pensar por que é que ele atura Miss Peters e a sua estupidez. Parto do princípio que ele *sabe* que ela é inútil.

Jamie tentou ignorar esta observação, mas ela insistiu.

— É um bocado esquisito, não achas?

— Nem por isso – disse Jamie, tentando dar-lhe pouca importância.

— Mas o que ela ensina é *errado*! – declarou Emily.

— Não é bem errado – protestou ele. — Está bem que

não é o tipo de ciências de que precisas se quiseres ser cientista, mas é suficientemente bom para a maioria das pessoas. É o que o Dr. Dyer diz.

— E daí? Será que devo concluir que tens a intenção de te tornar cientista? É por isso que tens aulas com ele?

— Não. Não, apenas gosto de descobrir coisas. Eu andava a fazer demasiadas perguntas nas aulas.

— Mas as perguntas que fizeste eram *minhas* – exclamou ela, zangada. — Eu é que fiz com que as perguntasses.

— Não tens de me lembrar disso – rosnou ferozmente Jamie.

— Então, por que é que *eu* não posso ter aulas particulares com o Director, se me apetece aprender ciências a sério, para variar? Afinal de contas, eu até pretendo ser cientista um dia. Quero fazer investigação para encontrar a cura para o cancro.

— A cura para o cancro!? Huumm! Ganhar uma data de dinheiro, é mais isso – acrescentou Jamie. — Eu já vi as notícias: cientistas que mudam de emprego e recebem mais dinheiro pela transferência do que jogadores de futebol.

— E por que não? Os cientistas de primeiro plano são raros nos nossos dias. E eu quero ser uma. Portanto, por que é que não haveria de receber as aulas de que preciso?

Jamie esteve quase para repetir o que o Dr. Dyer dissera acerca dela ser teimosa, mas pensou melhor. Ao invés, desviou a conversa.

— E, por falar nisso, como é que tu sabes tanto sobre ciências? – perguntou ele.

— Eu? Eu não sei muito sobre ciências – protestou ela. — O que te faz dizer isso?

— Bem, sabias o suficiente para saber que Miss Peters estava errada.

— Ah, *isso* – retorquiu ela. — Isso eram apenas algumas

coisas que eu aprendi com o avô. Ele era cientista, antes de se reformar. Tinha tido a esperança de que o meu pai se tornasse cientista um dia e seguisse assim o seu exemplo. Mas ele não o fez. Daí que agora, sempre que o visito, o avô ignora o meu pai para falar de ciências *comigo*, o que por mim está óptimo. Eu gosto. Vou lá visitá-lo quase todas as semanas. O que faz o teu pai?

— É analista de sistemas de computador – respondeu Jamie. — Não me perguntes o que quer dizer. Tudo o que eu sei é que ele vai a diferentes firmas e conserta-lhes os programas e coisas desse tipo. É bom no que faz. É enviado para todo o lado na Europa.

Mergulhando no silêncio, recomeçaram ambos as suas leituras.

Mas, depois, Emily retomou a conversa.

— Não consigo entender por que razão não há mais alunos a protestar contra os disparates que eles apregoam nas aulas. Fazem qualquer coisa por uma vida calma, suponho. Mas, no que me toca, eu gostaria mesmo de saber o que é que eles andam a tramar. Por que haveria alguém de ensinar ciências incorrectas de propósito?

Olhou para Jamie, mas ele manteve a cabeça baixa e fingiu que continuava a ler.

— Vá lá, Jamie, diz-me – exigiu ela, impacientemente. — Por que achas que estão a fazer isto?

— Como é que hei-de saber? – respondeu ele, exasperado. — Não temos nada a ver com isso. Além disso, não pode estar assim *tão* errada. Se estivesse, ninguém em Dyer passaria nos exames.

— Ah, vá lá, Jamie – protestou Emily. — Quem achas que *dá pontuação* aos exames? Miss Peters. Miss Peters...

— Não, eu não digo *esses* exames. Estou a falar dos exames *a sério*, do Certificado Euro Laureado.

Emily ficou silenciosa por alguns momentos. Em seguida, murmurou:

— Aí apanhaste-me. Eis algo que ainda não consegui entender.

— Bem, é óbvio, não é? – acrescentou Jamie com um sorriso de orelha a orelha. — A Europa inteira está envolvida neste astucioso plano para confundir os alunos da Academia do Dr. Dyer.

Ela esboçou um sorriso.

— Diverte-te – fechou o livro e levantou-se para sair. — A propósito, estás na Casa Stevenson, não estás?

Jamie acenou afirmativamente.

— Bem me parecia. Eu também. Nesse caso, devo ver-te na festa da Casa esta noite.

Com estas palavras, agarrou nas coisas e saiu.

32

3 de Fevereiro

Esta noite, Stevenson teve a sua Festa de Casa Vencedora. (Ganhámos a competição das Casas). Consiste numa refeição à luz das velas na sala de jantar, servida tarde, a seguir ao anoitecer.

O rapaz ou rapariga que tiver marcado mais pontos, seja através do desporto ou de ganhar estrelas de prata e ouro devido ao trabalho nas aulas, ganha o direito a tocar o gongo usado para chamar as pessoas para o jantar, desta vez para anunciar o início da Festa. Normalmente, é "Que os santinhos te ajudem se tocares, ao de leve que seja, no gongo".

"Não deverás tocar no gongo do jantar" é o décimo primeiro Mandamento (apesar de ninguém, a não ser Miss Crowe, saber muito bem onde é que isso está escrito na Bíblia). A Festa da Casa é a única excepção no ano. Escusado será dizer, não foi a mim que calhou ir tocar o gongo.

Um dos alunos do primeiro ano tem de dar graças pela refeição. Não têm de inventar, nem nada do género; só têm de ler do cartão. Mas, ainda assim, dava para ver que a Sarah estava gelada de medo. É bem feito, por andar a engraxar Miss Peters para fazê-lo.

Depois, veio a refeição propriamente dita. Foi excelente. Em vez de ter pedacinhos de pão e manteiga para entrada (coisa que se come sempre que apetece), na Festa da Casa tivemos direito a um prato de doces! Alguns de nós atiraram-se a eles imediatamente, o que fez com que a sopa tivesse um sabor esquisito. O prato principal foi um hambúrguer a escorrer queijo e ketchup *de tomate e montes de* baked beans([3]) *(mas, mesmo assim, Mrs. Bluff continuou a não nos deixar comer batatas fritas).*

Tradicionalmente, tem-se direito a duas sobremesas, sendo que a segunda costuma ser tanto gelado quanto o que se conseguir comer. Mas claro que não é assim nos dias que correm; pelo menos desde que deixaram de fazer gelado (devido ao facto de ninguém ter um congelador a funcionar).

Após a sobremesa, é a vez do discurso proferido pelo Delegado ou Delegada dos alunos. A Julie Simpkins é a nossa representante este ano e as piadas dela foram péssimas. Mas rimo-nos ainda assim.

À saída, Emily veio ter comigo e olhámos para o quadro com a lista dos anteriores vencedores da competição. Leu os nomes das Casas: Carrol, Tolkien, Dahl, Stevenson. Ela disse que era engraçado o facto de todos eles serem escritores de FICÇÃO. Eu nunca reparara nisso antes. Não que isso tenha algum interesse.

Realmente, não sei o que pensar da Emily. Encontrei-a no Octógono esta manhã. Percebo muito bem que ela esteja aborrecida por eu, e não ela, andar a ter aulas particulares com o Director – especialmente se ela espera tornar-se cientista; vai precisar daquele tipo de ciência minuciosa.

([3]) Os *baked beans* são feijões cozinhados num molho de tomate e são muito populares no Reino Unido. São parte essencial do famoso pequeno-almoço britânico. (N. da T.)

Os meus sentimentos em relação a ela são contraditórios. Às vezes, consegue ser muito irritante. Mas, de certa maneira, não consigo evitar gostar dela. Eu sei que ela costumava meter-me em sarilhos, mas agora percebo que precisava saber quais eram as respostas certas, de forma a poder tornar-se cientista um dia. Talvez fosse apenas demasiado tímida para colocar ela mesma as questões.

33

Tendo acabado o tema da electricidade, Miss Peters passava agora para o tema da luz.

— Antes de mais, gostaria que olhassem à vossa volta e me dessem exemplos de onde podemos encontrar luz – começou ela.

— O Sol – declarou Sarah, gesticulando em direcção à janela.

— Muito bem – disse Miss Peters. — O Sol tem imensa luz. Na verdade, tem tanta luz que tem de se ter bastante cuidado para não se olhar para ele directamente, senão pode fazer mal à vista e ficar-se cego. Outros sítios onde possamos encontrar luz?

Chris fez a observação de que havia luz nas paredes, senão não poderíamos vê-las. A Rosita disse que quando se acendiam as barras de luz no tecto passava, obviamente, a haver luz ali também. O mesmo se aplicava ao candeeiro na secretária da professora, o qual estava já ligado.

Helmut reparou que conseguia ver o reflexo da lâmpada na porta de vidro do armário.

— O vidro está a comportar-se como um espelho – sugeriu Rosita.

— Claro – disse Sarah. — Qualquer um pode ver isso. Produziu uma outra lâmpada. Agora há duas – acrescentou ela, com ar de importância.

«*Duas* lâmpadas?», espantou-se Jamie. «Há uma outra lâmpada no armário? Como é isso possível?» Na verdade, quando começou a olhar com mais atenção, compreendeu que esta segunda lâmpada parecia estar tão lá para dentro que deveria estar para além da parte de trás do armário.

De seguida, Miss Peters pediu aos alunos que estavam sentados ao pé das janelas que fechassem as cortinas, de modo a que a luz do Sol não entrasse na sala. Assim, podiam ver a parede ao fundo com a luz do candeeiro de secretária. Miss Peters acendeu uma vela e desligou o candeeiro da secretária. Era agora muito mais difícil ver a parede ao longe.

— Por que será que é assim? – perguntou ela.

— As luzes mais fracas não enviam a sua luz para distâncias tão grandes – disse Chris.

— Bom, vejamos – replicou Miss Peters, pegando numa folha de papel e aproximando-a da vela. A folha ficou bastante iluminada.

— O que é que eu disse? – disse Chris, com um sorriso de orelha a orelha. — A luz chega apenas ao papel. Mas não chega à parede. Pelo menos a maior parte dela nunca chega até tão longe.

Miss Peters abriu depois um pouco as cortinas da janela; apenas o suficiente para deixar entrar uma nesga de luz solar. Esta formou uma linha estreita e brilhante, à medida que percorria a superfície do tampo da mesa.

— O Sol está a uma longa distância – disse Miss Peters. — Mas, ainda assim, continua a iluminar aqui a secretária. É isto que sucede com fontes de luz potentes: a sua luz viaja até longe, ao contrário das fontes mais fracas, como aquela vela. Agora quero que observem isto.

Dirigiu-se ao armário e pegou num pedaço de vidro; tinha a forma de um triângulo.

— Isto é o que chamamos um *prisma*, devido à sua forma. Quero que observem o que acontece quando eu o coloco sob os raios de luz do Sol.

Colocou o prisma na mesa, de forma a que ficasse na direcção da luz que entrava pela janela. Imediatamente, o prisma cortou o raio de luz branca. Em seu lugar, e espalhadas por detrás do prisma, surgiu uma variedade de cores maravilhosas: vermelho, laranja, amarelo, verde, azul, anil e violeta, as cores do arco-íris. Ouviram-se oohs e aahs por toda a sala.

— Que bonito! – declarou Rosita. — Donde é que vieram?

— Pois é – disse Miss Peters. — Digam-me vocês: donde é que *vocês* pensam que vieram?

— Do vidro – disse Helmut.

— Pois é – concordou Rosita. — É como na igreja. Vitrais. O Sol brilha neles e aparecem todas aquelas cores bonitas no chão e nas paredes.

— Mas – protestou Emily, que pelo menos uma vez na vida se viu incapaz de guardar para si o que estava a pensar. — As janelas com vitrais que já vi são feitas de vidro colorido. Consegue ver-se as cores no próprio vidro. Esse prisma não me parece colorido. Parece vidro vulgar, semelhante ao das janelas vulgares, excepto pela sua forma, claro.

— Ah, deixa de ser tão *tapada*, Emily – disse Sarah, toda altiva e poderosa. — *Tem* de ser o vidro que é colorido. Não existe ali mais nada a não ser o vidro.

— Então, é o vidro que está a produzir todas estas cores? – perguntou Miss Peters, olhando à volta da sala. Não se ouviu nenhuma resposta. — Então está bem. Parece que estamos de acordo. Ainda bem.

Emily cruzou os braços com repugnância, lançou um olhar furioso a Jamie e disse entre dentes:

— Tirem-me deste manicómio!

34

— A primeira coisa que tens de compreender – disse o Dr. Dyer a Jamie, na sessão seguinte — é que a luz não se encontra confinada às fontes e superfícies iluminadas. É evidente que a luz está no Sol, ou num candeeiro, ou na chama de uma vela; é igualmente evidente que se encontra numa parede ou qualquer outra coisa que tenha sido iluminada. O que não é tão evidente é que esteja também *no meio*. A luz tem de viajar da fonte até à superfície iluminada. É uma *coisa* a passar entre ambas.

«Assim que atinge a parede, ou o que quer que seja, parte dela é reflectida a partir daí e viaja até ao teu olho. Aí, toca numa superfície no interior do olho chamada *retina*. O que o teu cérebro regista é a luz que chega à retina. Por isso, quando vês a parede iluminada, o que *realmente* estás a ver (o que o teu olho está na verdade a apanhar) é a luz reflectida pela parede. E o mesmo acontece com o Sol, ou com a lâmpada, ou qualquer outra fonte de luz: o que na realidade vês é a luz que chega aos teus olhos a partir dessas fontes.

Jamie estava confuso.

— Mas se há luz entre a fonte e a parede, por que não podemos vê-la lá?

— Porque a luz está a caminho da parede; não está na direcção dos teus olhos; não são os teus olhos que a recebem, é a parede que a irá receber. Para provar que a luz está lá, terias de desviar alguma, de modo a que o teu olho, e não a parede, a apanhasse.

— Ah! Lembrei-me agora mesmo. Às vezes *consegue-se* ver a luz a meio caminho – disse Jamie. — A Mãe e o Pai levaram-me a um espectáculo de laser. Podíamos ver os feixes luminosos.

— Sim, é disso que eu estava a falar – disse o Director. — Se o ar está empoeirado ou com fumo, as partículas de pó ou fumo desviam alguma da luz na tua direcção. Assim, *consegues* ver que existe luz no espaço entre a fonte e a parede.

— Será por isso que eles tinham a máquina de fumo? – inquiriu Jamie. — Tinham uma máquina de fazer fumo e de cada vez que os feixes de luz pareciam pouco intensos, libertavam uma baforada de fumo e podíamos ver melhor os feixes.

— É isso mesmo – concordou o Dr. Dyer. — Sem a presença de pó ou fumo no ar, não serias capaz de ver a luz a passar entre a fonte e a parede. Mas, ainda que não conseguisses vê-la, a luz estaria lá a meio caminho, de qualquer forma.

— Uma outra coisa – continuou Jamie. — Então e em rela-ção à luz que nunca atinge a parede, a luz que não vai muito longe? O que lhe acontece?

— Desculpa? Não estou a perceber... – disse o Dr. Dyer, hesitante.

— Está, está: as fontes fracas. A luz da vela. Não conseguiu ir para além de uma folha de papel colocada perto dela; não conseguiu chegar até à parede do outro lado do laboratório.

— Mas chegou – disse o Director. — Tem de ter chegado à parede.

— Não chegou, não – insistiu Jamie. — Nós vimos isso com os nossos próprios olhos. Quase nenhuma chegou até à

parede. A parede estava escura. A folha de papel estava bastante iluminada.

O Dr. Dyer deu um riso abafado.

— Não, não; a luz da vela atingiu certamente a parede. Só que, depois de já ter percorrido uma tão longa distância, estava muito espalhada. A folha de papel estava numa posição que lhe permitia apanhar uma fracção maior da luz que a vela emitia do que uma área da parede do mesmo tamanho do papel. É essa a razão pela qual a luz na parede parecia fraca.

Jamie ainda parecia inseguro, por isso o Director continuou.

— Ao invés de uma fonte de luz, imagina que tens um bandido armado com uma metralhadora. Está em fuga e vai disparando balas à toa, à sua volta. Onde é que tu, um inocente espectador, queres estar? Mesmo pertinho dele, ou do outro lado da rua?

— Do outro lado da rua, claro, tão longe quanto possível – disse Jamie.

— Porquê?

— Menos hipóteses de ser atingido.

— É bem verdade. As balas são espalhadas por uma área mais vasta. O mesmo acontece com a luz que vem de uma fonte. Está a ser espalhada em todas as direcções. Quanto mais longe estiveres, menos hipóteses a luz tem de te atingir, portanto menos quantidade de luz apanhas.

Passaram à discussão sobre reflexos. Tal como Jamie já calculara anteriormente, não havia nenhuma segunda lâmpada no armário (ou para além do fundo do armário, a propósito). O Dr. Dyer explicou como a luz da lâmpada tinha sido reflectida, a partir do vidro do armário e até aos olhos. Tudo o que os olhos conseguiam perceber é que havia luz vinda da direcção da porta do armário, luz esta cuja forma a fazia parecer uma lâmpada. Daí que o cérebro tenha partido do princípio de que era ali que a lâmpada estava; não tinha forma de saber que a luz que estava a apanhar tinha sido desviada pelo caminho.

Finalmente, Jamie trouxe à discussão o assunto do prisma e de todas as cores em que este transformou a luz do Sol. Tal como Emily pensara, não tinha nada a ver com janelas de vitrais; o vidro do prisma nada tinha de colorido.

— Não, a razão para o aparecimento das cores é que estas pertenciam à própria luz branca. De facto, a luz branca é uma mistura de todas as cores, as cores do arco-íris.

— A luz branca é colorida! – exclamou Jamie. — Mas como? Certamente que "branca" significa que não é colorida.

— Não. O que nos parece branco é, na verdade, uma grande mistura de cores. Quando todas as cores se misturam, essa mistura parece-nos branca. O que o prisma faz é simplesmente dividir a luz nas suas cores distintas. Estás a ver, geralmente todas essas cores misturadas viajam à mesma velocidade. Mas não no vidro. No vidro, elas viajam a velocidades diferentes; a vermelha é a mais rápida, a violeta a mais lenta. Se elas incidem na superfície do vidro num ângulo lateral (em vez de mesmo em cheio), ou se saem de um ângulo para o ar, aí a luz incide para o lado; é deflectida. O grau de inclinação depende da velocidade a que viaja pelo vidro. A luz vermelha, rápida, tem tendência a acumular-se; deflecte só um pouco. A luz violeta, lenta, deflecte mais e é por isso desviada através de um ângulo maior. As outras cores intermédias são desviadas através dos ângulos intermédios. Assim, o que o prisma faz é dividir a luz solar branca, de modo a que todas as suas diversas cores partam em direcções diferentes; e porque todas as cores estão agora separadas, mostram-se coloridas como realmente são, em vez de se apresentarem todas misturadas como "cor" branca. Inteligente, não te parece?!

Jamie acenou com a cabeça. Tudo isto era novo para si.

— Aquele espectáculo de laser de que falavas – disse o Dr. Dyer. — Eu assisti uma vez a um. Levei um sobrinho meu a uma pantomima. Havia imensos feixes luminosos de laser a percorrer o público, a espalhar-se e a fazer todo o tipo de coisas fantásticas, tudo ao mesmo ritmo da música. Impressionante. Não fazia ideia de que hoje em dia era possível fazer estas coisas.

— Pensei que os lasers eram perigosos – disse Jamie.

— São, se não forem usados correctamente. Os feixes luminosos podem ser muito fortes. Se olhares directamente para um feixe de luz de laser, a parte posterior do teu olho pode ficar queimada, fazendo com que fiques cego. Infelizmente, é o que acontece com a maioria dos avanços científicos; parece haver sempre uma pedra no seu caminho, não achas?

— O que quer dizer com isso?

— Bem, estás a ver... o que te tem sido ensinado nas tuas aulas de ciências: os efeitos secundários nocivos da ciência e da tecnologia. A camada de ozono a ser destruída; esse tipo de coisas – disse ele.

— Ah, sim! – disse Jamie. — Miss Peters falou-nos sobre isso.

— Óptimo. Fico contente por isso.

— A camada de ozono está a ser destruída pelos químicos que libertamos na atmosfera.

— Isso mesmo.

— Para dizer a verdade – acrescentou Jamie, hesitante. — Não percebi muito bem qual a razão para tanto espalhafato...

— *Espalhafato*! – exclamou o Director, franzindo as sobrancelhas. — O que queres dizer com *espalhafato*? Nós *precisamos* que a camada de ozono esteja lá. Protege-nos contra a radiação ultravioleta nociva do Sol. Sem ela, é provável que fiquemos com cancro de pele. Se um dia destes ficares com um cancro de pele, perceberás rapidamente a sua importância. E não é só isso que estamos a fazer à atmosfera. Parto do princípio que já ouviste falar no aquecimento global?

— Sim, respondeu o rapaz. — Lembro-me de Miss Peters nos falar sobre isso também.

— Muito bem, então. O aquecimento global é causado pelos gases expelidos pelos carros. Os gases retêm os raios de calor do Sol e estes estão agora a aquecer o planeta.

— E o que há de mal nisso? – perguntou Jamie, despreocupadamente. — Eu gosto do calor. Detesto o inverno.

— Pode ser que assim seja – respondeu o Dr. Dyer, gravemente. — Mas pensarias de forma diferente se estivesses a morrer de fome num país que estivesse a tornar-se um deserto devido ao aquecimento global. Pensarias de forma diferente se vivesses num desses países que vão desaparecer submersos pelo mar quando o gelo polar derreter e o nível da água subir. E isso não acontece apenas em países longínquos. Londres será um desses lugares que ficarão submersos.

— A sério?! – exclamou Jamie.

— E calculo que tenhas ouvido falar nos perigos dos resíduos radioactivos. Bebés a nascerem deformados?

Jamie acenou com a cabeça.

— Então e a ameaça de guerra nuclear? – continuou o Director, falando cada vez com mais emoção. — Que tal seres frito até ficares em cinzas? Partindo do princípio, claro, que não tenhamos todos sido erradicados do planeta por algum cientista louco que produza um desastre global qualquer ao imprudentemente modificar genes e criar uma qualquer espécie de bactéria assassina. Não, meu rapaz. É um triste facto da vida, mas a ciência tem de dar contas de muita coisa. É tudo muito angustiante.

35

27 de Fevereiro

Na aula de ontem, senti que começava a conhecer o Dr. Dyer muito melhor. Ele está tão preocupado com os efeitos secundários nocivos da ciência e da tecnologia. Falou deles de forma tão intensa. Eu admiro pessoas assim. Concordo com ele, alguma coisa tem de ser feita. E rapidamente, antes que seja tarde demais. Ele é um homem tão bondoso. Parecia tão triste à medida que ia falando sobre as coisas. Bem que o mundo precisava de muitos mais Drs. Dyer.

Demorei séculos a adormecer, na noite passada. Fiquei para ali deitado, a pensar, preocupado, em todas as diversas formas pelas quais a ciência e a tecnologia têm afectado as nossas vidas. Dei comigo a pensar sobre todos os problemas que elas causam. Começo a achar que estaríamos muito melhor sem elas. Se ao menos houvesse alguma coisa que pudéssemos FAZER em relação a isso.

36

No início da aula seguinte, Jamie partilhou com o Dr. Dyer os seus medos crescentes em relação ao futuro.

— Eu sei exactamente o que queres dizer – disse o Director. Esticou-se para a frente e pegou no jornal que estava na mesinha do café. Passando uma rápida vista de olhos por ele, comentou — Sim. Aqui está um bom exemplo; aqui mesmo na primeira página. Uma conferência para se discutir os recursos do planeta. Mais uns cinquenta anos e deveremos ter esgotado todas as reservas de petróleo. Pensa só no que isso significará. Nada de transportes essenciais, como ambulâncias, porque não haverá gasolina para os fazer trabalhar. Tudo isto porque a nossa moderna tecnologia gasta, actualmente, imensa energia sem nenhuma boa razão.

Abriu o jornal numa das páginas interiores.

— Um protesto contra o plano de se construir uma nova auto-estrada. Vai abranger vastas áreas de natureza protegida e ameaça a vida selvagem.

«Aqui está alguém a queixar-se que, hoje em dia, não se pode ir a lado nenhum sem se ser espiado por televisores de circuito fechado. E, olha, este enorme pedaço de gelo que se desprendeu no Antártico. Está a flutuar em direcção às rotas dos navios e é um risco para a sua segurança. Os peritos dizem que é tudo devido ao aquecimento global, aquilo de que falávamos da última vez, lembras-te?

E assim prosseguiu a conversa. O Dr. Dyer falou das suas preocupações acerca do uso da Internet. Como professor, tinha de ser cuidadoso para que os seus alunos não tivessem acesso a pornografia através da Internet. Atacou depois a televisão e os filmes pela quantidade de violência que mostravam. Em relação aos produtos alimentares geneticamente modificados, também não tinha nada de bom para dizer sobre eles.

— A investigação genética é uma grande preocupação. O que ela significa, Jamie, é que estão a descobrir tudo que nós herdamos dos nossos pais. Em breve, serão capazes de identificar quais os genes que estão relacionados com a inteligência, quais os que comandam as nossas tendências agressivas, a nossa natureza artística, e por aí fora. Será depois possível fazer projectos de bebés por encomenda.

— O que há de errado nisso? – perguntou Jamie. — Por que não produzir bebés que não se vão tornar agressivos à medida que vão crescendo? Isso diminuiria os níveis de criminalidade, não era?

— Possivelmente. Mas que mais faria diminuir? Há quem diga que a nossa natureza agressiva está também relacionada com as nossas ambições, com os objectivos que queremos atingir na vida. Se excluírem a agressividade, talvez acabemos por ficar com uma nação de pessoas que nunca querem fazer nada, excepto sentar-se em frente à televisão todo o dia, como patetas.

— Isso é verdade?

— Para ser sincero, não sei. Não tenho a certeza. *Ninguém* sabe ao certo onde tudo isto nos leva; e é esse o problema de todo estes novos conhecimentos científicos. A ciência está a tornar a vida demasiado difícil e complicada para que alguém possa controlar o futuro. É esse o perigo.

Pousou o jornal e olhou para o rapaz.

— E para que é tudo isto? Para que serve toda esta

ciência? Graças à ciência, a maioria das famílias agora tem televisor, rádio, telefone, máquina de lavar, máquina de secar, aspirador, microondas, vídeo, computador, carro, e por aí fora. Mas será que são mais felizes?

— Bem... Acho que devem ser – disse Jamie.

— Não, não são – declarou o Dr. Dyer. — Pode parecer-te que sim agora, enquanto ainda anseias por ter todas aquelas coisas; mas, acredita em mim, assim que as tiveres, vais perceber que não és nem um bocadinho mais feliz do que eras sem elas. Há muitos estudos que provam que as pessoas não são mais felizes agora do que quando tinham um nível de vida muito inferior.

O Dr. Dyer olhou fixamente para Jamie, com uma profunda tristeza no seu olhar.

— E todo este progresso, como lhe chamam, tem este preço – continuou ele. — Esta busca desesperada, inútil, de níveis de vida cada vez mais elevados está a destruir o planeta e, no final, acabará provavelmente por destruir a espécie humana.

Ambos se deixaram ficar sentados, perdidos nos seus pensamentos. O gabinete estava a ficar bastante escuro. Era quase noite. Jamie conseguia ver apenas os contornos da silhueta do Dr. Dyer, afundado no seu cadeirão.

O rapaz acabou por comentar:

— Quem me dera que houvesse algo que pudéssemos fazer. Parece tudo tão mal.

Outra pausa demorada. Depois, com uma voz suave, o Dr. Dyer respondeu:

— Mas *há* algo que pudemos fazer.

Levantou-se, caminhou até à janela, olhou brevemente para fora e correu depois as cortinas. Um clique e o candeeiro acendeu-se. Voltou para a cadeira, sentou-se e olhou fixamente para Jamie.

— Queres realmente fazer alguma coisa? – perguntou ele.

O rapaz acenou com a cabeça.

— Sim, claro que sim. Afinal de contas, eu serei o mais afectado. Tenho a maior parte da minha vida à minha frente, ao contrário de... quer dizer... desculpe... Não queria dizer que...

— Ao contrário das pessoas que são velhas e de outros tempos? – Acrescentou o Dr. Dyer, com um simpático piscar de olhos. — Tens toda a razão. Já vivi a maior parte da minha vida. Não me chateia nada que estejemos a acumular todos estes problemas para o futuro. Não vou cá estar para ver. Não, são os jovens, como tu, que irão sofrer o peso dos problemas, são vocês que têm de tomar o comando da situação.

— Mas, como? – perguntou Jamie. — Não se pode parar o progresso da ciência.

O Director olhou para ele com uma expressão estranha e disse depois num sussurro dissimulado:

— Por que não?

— Por que não? – repetiu Jamie.

— Sim. Por que não?

O Dr. Dyer olhou por cima do ombro em direcção à porta, para se certificar de que estava fechada. De seguida, dobrou-se para a frente e, com o dedo, fez um sinal para que Jamie se aproximasse. O rapaz sentou-se na borda da cadeira.

— Lembras-te (foi há algum tempo) de eu ter mencionado o círculo oculto? – murmurou o Director. — De como, um dia, poderás entrar no círculo oculto?

— Lembro-me de ter dito qualquer coisa sobre isso – respondeu Jamie. — Mas não sabia o que queria dizer.

— Não. Não poderias ter sabido. Mas penso que agora é a altura certa para te contar este segredo, um segredo que muito poucos alunos alguma vez chegam a saber. Mas, primeiro, tens de me dar a tua palavra em como não vais falar disto a ninguém que não pertença também ao círculo oculto. Tenho o teu voto solene? – perguntou ele.

Jamie sentiu um formigueiro percorrer-lhe o corpo todo. Nem conseguia acreditar. Acenou vigorosamente com a cabeça.

— Óptimo. Então, a razão por que fundei a Academia foi, antes de mais, precisamente por estar preocupado com estas questões. Parecia-me que nenhuma escola que eu conhecia estava a fazer o suficiente em relação a estes problemas. Esse foi, portanto, o objectivo inicial: garantir que estas questões fossem debatidas nas aulas. Quando os meus alunos deixassem a Academia teriam conhecimento dos perigos causados pelos rápidos avanços da ciência. É por isso que Miss Peters e os restantes professores de ciências têm instruções para abordar estes assuntos na sala de aulas.

Jamie sentiu-se desiludido.

— Mas isso não é nenhum segredo – disse ele. — Estava tudo escrito nas coisas que nos mandaram quando nos candidatámos para que eu entrasse aqui. Falou disso aos meus pais quando viemos à entrevista.

— Ah, não! Não há segredos em relação a *isso*. Estou apenas a lembrar-me, para te contar, de como eu *inicialmente* estabeleci a escola. Não, foi só anos mais tarde que percebi que isso não era suficiente. Era tudo muito bonito que os meus alunos estivessem a aprender esses assuntos, mas isso por si só não faria a mínima diferença lá fora, no mundo real. Não, era necessário algo mais drástico. *Fosse como fosse, tinha de se abrandar o avanço da ciência*, pelo menos até que as pessoas tivessem criado modos sensatos de controlar os novos desenvolvimentos, invenções, e por aí fora.

— Mas, como é que alguém pode simplesmente decidir abrandar a ciência? Não compreendo...

— Estou a *explicar-te*. Pelo menos, estou a tentar explicar-

-te, se ao menos tu *ouvisses* – disse o Director, com um sorriso. – Tem tudo a ver com a educação, ou a falta dela. Não se pode fazer ciência se não se *sabe* nada de ciências. As pessoas que viveram há muito tempo fizeram muito poucos progressos científicos. Porquê? Porque nada sabiam de ciências. Mesmo hoje em dia existem muitas partes do mundo onde a ciência nunca fez progresso algum. De novo, tal acontece porque nesses países as pessoas não sabem muito sobre ciências.

«O problema está todo nos países avançados: América, Grã-Bretanha e o resto da Europa, países onde se considera muito importante ensinar ciências. Se ao menos pudéssemos travar o ensino das ciências nestes países, passaria a haver menos pessoas a fazer investigação científica. Assim, passou a ser este o objectivo: travar o ensino das ciências.

«Mas isto teria de ser feito cuidadosamente. Afinal, precisamos de um bocadinho de ciências. Temos de entender certas coisas sobre o mundo em que vivemos; temos de ter uma sabedoria do quotidiano e protegermo-nos contra os males. Mas, e isto é a parte importante, cheguei à conclusão que o tipo de ciências de que a maioria das pessoas precisa no seu dia-a-dia não tem de ser o mesmo que os cientistas usam: o que eles chamariam de "ciência séria". Foi assim que acabei por desenvolver a *ciência do senso comum*. É uma espécie de "ciência" baseada no senso comum. Este tipo de ciência é suficientemente bom para a maioria dos fins.

— Mas inútil para se fazer investigação científica séria – acrescentou Jamie.

— Precisamente! – o Director riu entre dentes, maliciosamente. — Acredita em mim: aqueles que são criados somente com uma dieta de ciência do senso comum nunca farão uma descoberta científica; não causarão ainda mais problemas ao mundo do que aqueles que ele já tem.

— Eu percebo isso – disse Jamie. — Mas o que não percebo é como espera persuadir todas as outras escolas a seguir o seu exemplo. Como vai conseguir que elas passem a ensinar ciências do senso comum em vez da matéria a sério?

— Estás mais que certo. Posso garantir que os antigos Dyerenses não estarão em posição conseguir ir lá para fora e juntar-se às equipas de investigação científica. Mas, e em relação aos alunos das outras escolas, o vasto número dos que continuam a aprender ciência séria?

O Dr. Dyer sentou-se na sua cadeira, cruzou os braços e fez com que as suas espessas sobrancelhas se juntassem ao centro. Olhou para o rapaz com uma expressão de concentração. Continuou a fixá-lo por muito tempo. O seu olhar fulminou Jamie e fê-lo sentir-se incomodado. Era como se o Dr. Dyer estivesse a ver o seu interior. Acabou por quebrar o silêncio.

— Jamie. Tenho de ter a certeza que posso confiar em ti. O que estou prestes a dizer-te não poderá, por razão alguma, passar para além destas quatro paredes. Está claro?

— Claro – assegurou Jamie. — Não direi uma palavra a ninguém.

— Está bem, então. A resposta à tua pergunta é a seguinte: passámos a controlar os meios de comunicação social.

Jamie nem conseguia acreditar no que estava a ouvir.

— Vocês O QUÊ?!

— É isso mesmo. Jornais, revistas, televisão, rádio, filmes, a Internet, tudo isso. Colocámos Antigos Dyerenses em todo o lado, em todas as posições centrais.

— Mas eu não compreendo.

— Nos dias de hoje, é impossível que abras um jornal, ou ligues o rádio ou o televisor sem que sejas bombardeado por ciência do senso comum, sempre trazida à baila por Antigos Dyerenses. Estão a semear ideias erradas sobre a ciência vinte e quatro horas por dia; e ninguém imagina o que se está a passar! O público não sabe que lhe estão a atirar areia para os olhos. O governo não sabe. Eu digo-te uma coisa, Jamie, fizemos um trabalho fantástico: treinámos os nossos antigos alunos para esta importante tarefa.

— Então, deixe-me ver se percebo isto – disse o rapaz. — Os Antigos Dyerenses espalham toda esta informação errada. E daí? Continuo sem compreender...

— Daí que reforçam todas as ideias do senso comum, as ideias *erradas* sobre a ciência. Depois, quando os jovens começam a aprender ciências correctas, naquelas outras escolas de que ainda agora estavas a falar, as novas ideias não encaixam com as outras que eles já tinham apanhado dos meios de comunicação social, dadas pelos Antigos Dyerenses. Há um choque. A ciência a sério não consegue estabelecer-se na mente, porque esta está já cheia com ciências do senso comum. Desta forma, as ciências parecem *difíceis*. Os miúdos começam a pensar que não são bons a esta disciplina. E então decidem estudar uma outra coisa, algo de inofensivo. Ninguém se torna cientista; não se produz investigação científica; as ciências abrandam para um passo sensato. Missão cumprida!

Jamie deixou-se estar, tentando absorver tudo isto. Parecia demasiado fantástico para ser expresso por palavras. Mas, depois, começou a lembrar-se de como tinha visto algures uma reportagem recente que indicava que cada vez menos alunos estava a optar por estudar matérias científicas, tais como Física e Química. Portanto, talvez o Dr. Dyer tivesse razão. O seu plano estava a funcionar.

— Então, devo concluir – começou ele — que todos os que deixam a Academia entram nos meios de comunicação social, de forma a que...

— Não, não – interrompeu o Dr. Dyer. — Apenas aqueles

que entram no círculo oculto, ou seja, os que, entre os pais e o resto da escola, são conhecidos como delegados.

— Delegados?

— Sim. Nesta escola, apenas aqueles que foram escolhidos para formação específica em como fazer com que as ciências do senso comum passem através dos media e de outras formas é que se tornam delegados. E agora estás prestes a tornar-te um elemento desse círculo oculto; decidi nomear-te delegado do primeiro ano. Parabéns, meu rapaz!

37

1 de Março

Cópia de e-mail*:*

Queridos Mãe e Pai,

Nem adivinham o que aconteceu. Vou tornar-me delegado!!!!!!!! O Dr. Dyer disse-me hoje na minha aula. E que tal?!

Eu e ele agora damo-nos muito bem. Falamos de todo o tipo de coisas. De como é importante cuidar do planeta e de como temos de usar as ciências para o bem. Falamos de montes de outras coisas também. Mas isso é tão especial que tive de jurar segredo! Nem a vocês posso contar. Está decidido: gosto mesmo do Dr. Dyer. Ele é fantástico!

O vosso filho que vos adora, Jamie Smith, D.P.A.*
*(DELEGADO DO PRIMEIRO ANO)

38

Um aluno tornar-se delegado é uma coisa especial em Dyer. Tem de se fazer uma cerimónia.

Tudo começa na entrada do jardim, aquele no qual apenas é permitida a entrada aos funcionários e aos delegados. Com o coração aceleradíssimo, Jamie manteve-se ao lado de Henry Fox, o delegado dos alunos mais velhos. No preciso instante em que o relógio da torre começou a bater as doze badaladas do meio-dia, Fox pegou na mão de Jamie. Caminhou em frente a passos largos, descendo em direcção ao centro do jardim à medida que ia puxando Jamie que, pasmado, o seguia. Este ritual era conhecido como "ser guiado ao longo do caminho do jardim".

Passado algum tempo, o caminho deu lugar a uma clareira plana decorada com canteiros. Uma fonte em cascata descia sobre um lago meio coberto com lírios e que cintilava com os seus peixinhos dourados.

Imponente sobre a clareira, o carvalho gigante, com os seus ramos nus espalhando-se em todas as direcções, como os dedos encarquilhados de uma bruxa. Na base, enlaçada nas suas raízes, estava a famosa Pedra Sacrificial. Jamie reconheceu-a devido às fotografias que dela vira. Compreendia agora a razão pela qual rezava a lenda que o carvalho teria desabrochado do meteorito, pouco depois da sua aterragem.

Os delegados e os funcionários faziam um arco à volta da pedra. Jamie foi conduzido exactamente nessa direcção. O Dr. Dyer, que se mantinha perto da Pedra, fez um breve movimento com a cabeça no sentido desta última. Jamie sabia o que teria de fazer em seguida. Com o coração batendo velozmente, subiu para cima da Pedra e deitou-se a todo o comprimento na superfície plana. Não conseguiu evitar um arrepio quando reparou como a fenda ao longo da qual o sangue sacrificial costumava correr se encontrava exactamente por baixo do seu pescoço!

O Dr. Dyer avançou, proferiu um pequeno discurso sobre o facto de Jamie satisfazer as condições para se tornar delegado e colocou as suas mãos sobre a face do rapaz, declarando solenemente:

— Jamie Smith, sê bem-vindo a este círculo oculto!

Com estas palavras, Jamie sentou-se e saltou para fora da pedra. O Director apertou-lhe a mão com emoção. Miss Crowe, que estava ao lado do Dr. Dyer, entregou-lhe um distintivo novinho em folha e reluzente. Mostrava o emblema da escola: a lâmpada. O Director espetou-o na lapela do casaco de Jamie.

— Já está - disse o Director. — Não doeu nada, pois não?

Todos os presentes se riram e bateram palmas. Esperaram a sua vez para lhe apertar a mão.

Jamie irradiava felicidade.

De volta ao edifício principal, o Dr. Dyer deu uma vista de olhos ao novo distintivo do rapaz.

— Mantém-no polido - disse ele.

— Não se preocupe, Professor. Assim farei - respondeu Jamie, com orgulho.

— Esse emblema: a lâmpada. Já é altura de aprenderes o seu significado.

— Mas eu já o sei. Explicou aos meus pais naquele dia da entrevista: «A luz do conhecimento penetrando as trevas da ignorância», ou qualquer coisa do género.

— Muito bem - o Dr. Dyer deu uma risada abafada. — Agora vou explicar-te a *verdadeira* razão. Mas, antes, deixa-

-me perguntar-te: quantos terminais tem uma lâmpada?

— Terminais? – repetiu Jamie. Por um momento sentiu-se derrotado. Não era o tipo de pergunta de que estivesse à espera. Respondeu de seguida. — Um terminal. No centro da base.

O Director deu uma risadinha.

— É isso que achas? Pensa, rapaz! Relembra o que te disse sobre a passagem de electricidade à volta de um circuito. Abandona a pilha, passa à volta do circuito e através das lâmpadas ou filamentos eléctricos e por aí fora, e de volta à pilha. Portanto, a corrente entra nas lâmpadas através do seu terminal na base, e depois?

Jamie encolheu os ombros.

— Não faço ideia – admitiu ele.

— Sai pelo *outro* terminal – disse o Director.

Jamie franziu as sobrancelhas.

— Mas não há nenhum outro terminal.

O Dr. Dyer deu uma gargalhada.

— Ah, não? Aha! Engana-os sempre! O outro terminal é a armação de metal, a parte que enroscas no bocal para a lâmpada.

— A armação em espiral! – exclamou Jamie. — Mas... mas eu pensei que isso estava lá para segurar a lâmpada ao bocal.

— Sim, mas a sua outra função, a sua função *secreta* é servir como terminal, deixando a corrente sair.

— Mas porquê? – perguntou o rapaz. — Porquê disfarçar o segundo terminal dessa forma? É um bocado traiçoeiro, não é?

— Ah, não sei. Lembras-te de Miss Peters perguntar por que razão uma lâmpada ilumina e aquece? Alguém teve a ideia de que a electricidade foi para a lâmpada e lá se foi acumulando; foi por isso que aqueceu e depois se transformou em luz. Não foi?

Jamie acenou afirmativamente.

— Foi isso que o Helmut sugeriu.

— Certo. Então e onde achas que ele foi buscar essa ideia? – perguntou o Director, com um ar conhecedor.

Por esta altura, tinham chegado ao edifício principal. Tinham percorrido o corredor e chegado ao recinto da entrada, onde se encontrava o armário com os troféus. Pararam em frente ao armário para observar as filas de troféus, todos eles com a forma de lâmpadas.

— Mas, Professor... Não percebo. Não me está a dizer que as lâmpadas são concebidas dessa forma *de propósito* para enganar as pessoas e levá-las a ter ideias erradas sobre a electricidade? Está?

— Por que outra razão seriam elas assim desenhadas?

— Mas quem faria tal coisa?

O Dr. Dyer olhou para o Quadro de Honra que listava os Antigos Dyerenses que tinham sido bem sucedidos nos exames. Com muito orgulho, murmurou:

— Ah, consigo pensar em vários!

39

8 de Março

Quando Emily viu o meu distintivo, deu-me os parabéns, mas disse-me que nem pensasse andar por aí a dar-lhe ordens só porque era delegado.

A Sara, a sabichona, ficou lívida. Não consegue perceber por que fui eu, e não ela, a ser escolhido. Pergunto-vos a vocês! A ciência do senso comum foi criada para pessoas como ela.

E adivinhem lá: de agora em diante, nem mais uma aula dada por Miss Peters; vou juntar-me aos restantes delegados e ter todas as aulas de ciências dadas directamente pelo Dr. Dyer. O facto de pertencermos todos ao círculo oculto significa que podemos começar a ser treinados para a nossa missão: ir lá para fora, para o mundo, e abrandar o progresso das ciências. O Dr. Dyer disse-me que pode ser um bocado duro para mim, ter que ter aulas com os mais velhos. Mas ele acha que se eu trabalhar bastante, me consigo aguentar.

Quando Emily ouviu dizer que eu passaria a ter todas as minhas futuras aulas de ciências com o Dr. Dyer, deixando-a com Miss Peters, ficou completamente FURIOSA! De certa forma, compreendo o seu ponto de vista. Afinal de contas, é ela quem precisa saber as ciências verdadeiras para se tornar cientista. Mas não há maneira de o Director deixar entrar uma potencial cientista no círculo oculto.

A última vez que vi Emily estava possessa, resmungando que descobriria tudo nem que fosse a última coisa que fizesse. Bolas! Aquela rapariga é demais!

40

Era a primeira aula de ciências de Jamie com os outros delegados. Sentia que estava, de alguma forma, a fazer algo para além das suas capacidades, por estar sentado junto do Henry Fox e dos outros seniores (bem como os mais novos dos segundo e terceiro anos), mas depressa o fizeram sentir-se à vontade.

— Alguns de vós podem ter ainda certas dúvidas acerca do que estamos a fazer – começou o Director. Olhou na direcção do recém-chegado, Jamie. — Se for esse o caso, estejam descansados. Para começar, quero deixar bem claro que *não* somos contra as ciências. Não estamos a fazer mais do que a causar um abrandamento temporário do seu progresso. É só isso. Queremos simplesmente dar às pessoas a hipótese de se manterem a par do que se tem andado a passar. Assim que tenhamos concebido formas sensatas de lidar com as novas tecnologias, poderemos permitir que as ciências progridam de novo, devendo este progresso ser feito com cuidado, em vez de se mergulhar de cabeça no desconhecido.

Jamie, que tinha, de facto, ficado com algumas dúvidas sobre o que estavam a planear, sentia-se agora melhor em relação ao assunto. Tal como o Director dissera, era apenas uma coisa temporária. Daria tempo ao mundo para pensar melhor sobre as coisas.

— Hoje vamos dar uma olhadela ao espaço, começando pela Terra.

Pegou numa caneta e dirigiu-se ao quadro branco. Desenhou um círculo no quadro e deu-lhe o nome de "Terra". De seguida, desenhou uma figura de homem no Pólo Norte. Virou-se para a turma e apontou para o ar com a caneta.

— Alguém faça um traço no sentido da gravidade.

Ali foi até lá e desenhou uma seta no sentido descendente.

— Muito bem – disse o Director. — Então e alguém que estivesse aqui? – apontou para um ponto no equador. — Qual a direcção da gravidade aqui?

Ali hesitou a princípio, depois desenhou uma seta a indicar para o lado, apontando para a Terra.

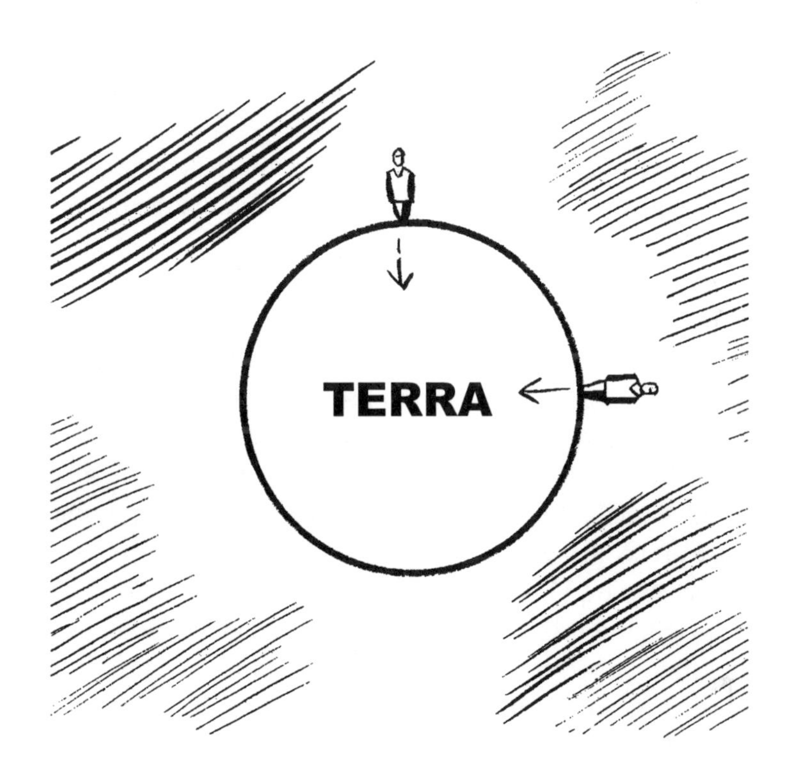

— Certo – disse o Dr. Dyer, desenhando um esboço de um homem na superfície do equador. — Mas ficarias surpreendido com a quantidade de pessoas que pensa que existe uma direcção especial no espaço chamada *para baixo* e que a gravidade opera na mesma direcção independentemente do local onde se situam. Causa-lhes todo o tipo de problemas, tais como: «O que impede os Australianos de caírem do planeta?»; «O que impede que toda a água dos oceanos circule à volta do planeta até atingir o lado inferior da Terra, e que depois caia para o espaço?» Tentem encorajá-los a pensar desta forma. Não lhes dêem a entender a ideia de que a gravidade actua no sentido do centro da Terra, independentemente do local onde se encontrem na sua superfície. Daí que, para os Australianos, actue na direcção inversa daquela em que nós nos situamos. É por isso que todos somos igualmente bons em mantermo-nos com os pés bem assentes no chão. Outra coisa: apesar de haver pessoas que sabem estas coisas todas sobre a gravidade, perguntem-lhes onde está o *céu* no diagrama e ficarão surpreendidos com a quantidade delas que o desenhará aqui.

Desenhou o céu a traço largo na parte superior do quadro.

— Continuam a pensar que o céu está aqui em cima, independentemente do ponto em que se encontram na Terra, em vez de estar aqui em baixo para os Australianos e aqui para as pessoas no equador. Assim, lembrem-se disto.

«Que mais? – continuou ele. — Depois, claro, existe aquela velha balela sobre a Terra estar no centro de tudo e o Sol e as estrelas girarem à nossa volta. Certamente que é o que parece, não é? Mas, nos tempos que correm, a maioria das pessoas não tarda a aprender que a verdadeira razão pela qual tudo se movimenta pelo espaço é porque a Terra gira sobre si mesma. Ainda assim, algumas pessoas ainda têm dificuldade em acreditar nisto. Não percebem por que não ficamos todos com tonturas. Como se alguém ficasse com tonturas por dar uma volta a cada vinte e quatro horas! Da mesma forma, a maioria das pessoas já ouviu que é a Terra que gira à volta do Sol e não o Sol que gira à volta da Terra. Mas, mais uma vez, as razões para gerar confusão abundam. Afinal de contas, será que parece que estamos a mover-nos? Sempre que viajamos de carro ou de comboio, por exemplo, *percebemos* que estamos em movimento; balançamos e somos empurrados de um lado para o outro. Mas esse balouçar deve-se apenas ao facto de a viagem não ser suave. Com uma viagem suave, como muitas vezes se faz num avião, não se sente nada; *não* há forma de se perceber que estamos em movimento. E é isso que acontece à medida que viajamos juntamente com a Terra no seu trajecto à volta do Sol.

— A coisa que sempre me deixou baralhado em relação ao movimento da Terra – interrompeu Ali — é por que razão as coisas que estão soltas na superfície da Terra e na atmosfera não ficam para trás.

— Ah! O que tens de te lembrar é que não é necessário empurrar uma coisa continuamente para que ela se movimente – respondeu o Director. — Como já disse há algum tempo atrás, se um objecto está em movimento e não existe força de atrito ou resistência do ar para que abrande, continuará em movimento. E é assim com todas as coisas na superfície da Terra; são simplesmente levadas juntamente com a Terra.

— E em relação às estrelas? – inquiriu Henry. — Fale-nos sobre elas.

— As estrelas são grandes bolas de fogo, tal como o nosso Sol. Na verdade o Sol é, ele mesmo, uma estrela. Não há muita gente que tenha conhecimento disto. Têm a ideia de que as estrelas são meros pontos muito pequeninos de luz intermitente. Mesmo nos filmes e séries de televisão, como a *Guerra das Estrelas* e o *Star Trek*, nunca se chega perto de uma estrela. Os Antigos Dyerenses que trabalham na indústria cinematográfica têm feito com que as pessoas continuem a pensar que as estrelas são pontinhos de luz pequenos e insignificantes. Quanto aos nossos antigos alunos que escolheram como profissão fazer cartões de Natal, têm feito um trabalho magnífico! Até conseguiram persuadir as pessoas de que as estrelas têm pontas! – Desatou a rir às gargalhadas.

Linda levantou o braço:

— Professor, não compreendo bem. Se as estrelas são grandes, por que parecem tão pequeninas?

— É a distância – respondeu o Dr. Dyer. O tamanho que uma coisa aparenta ter depende da distância a que ela se encontra. As estrelas estão muito mais longe de nós do que qualquer outra coisa: o Sol ou a Lua. É por isso que parecem pequenas.

«Por falar em Lua, e em relação às fases da Lua (as diferentes formas que aparentam te)r. A que se deverão?

— Na realidade, não muda de forma – disse Marcelo. — Apenas *aparenta* mudar, dependendo de qual a sua área que se encontra na sombra. A Lua é uma bola iluminada pelo Sol. Se o Sol está a seu lado (digamos, no seu lado esquerdo), apenas o lado esquerdo da lua ficará iluminado e tem-se um quarto minguante. Se o Sol incide nela em cheio, toda a Lua se ilumina e temos Lua cheia; e por aí fora.

— Isso mesmo – concordou o Dr. Dyer. — Mas ficarias surpreendido com a quantidade de pessoas que pensa que o lado escuro da Lua se deve a uma nuvem que se meteu no seu caminho.

O Director dirigiu-se à sua secretária e começou a vasculhar uns papéis que tinha numa gaveta.

— Ah! Aqui está! – disse ele, tirando de lá um recorte de jornal. — Dêem uma vista de olhos a isto. Há alguma coisa que vos chame a tenção?

Era uma banda desenhada. Representava uma cena nocturna, com um casal de namorados sentados num banco de jardim sob a Lua.

— Vá lá – disse ele. — O que há de *errado* com esta imagem?

Houve um silêncio de perplexidade por alguns momentos. Depois, subitamente, Linda falou:

— Ah! Já sei! – disse ela. — Isto não pode estar certo. O Professor disse-nos que as estrelas estavam mais afastadas do que a Lua. Isso significa que esta estrela aqui (a que se encontra sobre o lado escuro da Lua) teria de estar por *detrás* da Lua; não deveríamos conseguir vê-la; estaria obscurecida pela parte escura da Lua.

— Por acaso o desenhador não era um antigo Dyerense, era? – perguntou Henry.

O Director olhou para a assinatura.

— Phelps. Ah, sim! Lembro-me dele. Deixou a Academia no passado ano lectivo. Era muito talentoso com o *spray* de pintar, se bem me lembro.

Jamie não pôde deixar de reparar que, à medida que o Director acrescentava estas palavras, tinha a mesma expressão divertida de quando estava na sala de professores a olhar para a frase «O Dr. Dyer é um mentiroso», escrita no muro do recreio. (Por falar nisso, a frase tinha sido apagada apenas uns dias antes do Dia dos Pais.)

— É altura de fazermos uma experiência rápida, antes do intervalo – anunciou o Dr. Dyer. Foi até um armário e de lá tirou um martelo e uma pena. Segurou-os à altura dos braços estendidos, cada objecto numa mão.

— Bem, vou deixá-los cair ao mesmo tempo. O que irá acontecer?

A turma concordou que o martelo cairia mais rapidamente. O Director abriu as mãos e foi exactamente isso que aconteceu.

— Por que é que assim foi? – perguntou ele.

Todos concluíram que a razão era o martelo ser mais pesado do que a pena e o facto de as coisas pesadas caírem mais depressa.

De seguida, dirigiu-se ao aparelho de vídeo e ligou-o. O écran mostrava um astronauta na Lua com os braços estendido à sua frente. O Dr. Dyer premiu no botão da pausa, de modo a parar a acção.

— O astronauta vai agora fazer exactamente a mesma experiência que eu fiz mas, como podem ver, ele está na Lua. Portanto, o que acham?

Linda pensava que o resultado seria o mesmo: o martelo cairia mais rapidamente; mas Ali discordava.

— Estás a esquecer-te de uma coisa, não estás? Ele está no espaço e no espaço não há gravidade. Quando ele libertar os objectos, ambos se manterão no mesmo lugar.

Num abrir e fechar de olhos, metade da turma estava toda a concordar com ele; os restantes apoiavam a Linda. O Dr. Dyer premiu de novo o botão da pausa. Para espanto geral, descobriram estar todos errados! O martelo e a pena caíram exactamente à mesma velocidade, batendo no chão ao mesmo tempo.

O Director riu.

— Comecemos por aqueles de vocês que disseram que os objectos ficariam para ali sem fazer nada. Não há gravidade no espaço?! Donde é que tiraram essa ideia? O que pensam que está a segurar aquele astronauta à superfície da Lua, se não a gravidade? Não, vamos esclarecer isto: a Lua exerce uma força de gravidade, tal como a Terra, apesar de não ser tão potente como a da Terra por a Lua não ser tão grande e pesada como o nosso planeta.

«Não se devem deixar enganar por essas imagens de astronautas numa nave espacial a flutuar como se não tivessem peso. Esses astronautas estão *em órbita* à volta da Terra. Há muita gravidade no local onde a nave espacial se encontra. O que se passa é que está a ser toda usada para manter a nave (e os astronautas) em órbita. Se não fosse a gravidade da Terra, todos eles iriam a voar para o espaço em linha recta. Mas este astronauta aqui – disse ele, apontando para o ecrã – *não* está em órbita à volta da Lua. Por isso, a gravidade da Lua *não* está a ser usada dessa forma; está a puxá-lo (assim como ao martelo e à pena) para a sua superfície.

«Em relação aos restantes (aqueles que pensavam que o martelo cairia mais rapidamente), estão a deixar-se confundir pelo efeito da resistência do ar. Se não existe ar, tudo cai à *mesma* velocidade; não importa quão leve ou pesada determinada coisa seja, cai à mesma velocidade. É assim que se passa na Lua porque não tem atmosfera. Por outro lado, quando *eu* fiz a experiência ainda agora, fi-la no ar. À medida que os objetos caíam, o ar oferecia resistência ao seu movimento: fazia-os abrandar. Porque o martelo era mais pesado, tinha uma maior capacidade de percorrer o seu caminho através do ar; a pena tinha de suavemente ir abrindo caminho. É por isso que o martelo caiu mais rapidamente. Portanto, prestem bem atenção à resistência do ar, especialmente se decidirem tornar-se pára-quedistas. Os pára-quedas funcionam bem na Terra; mas, atenção: não funcionam na Lua!

41

22 de Março

Não há nada de muito especial em ser delegado do primeiro ano, a não ser o facto de ter todas as aulas de ciências com o Dr. Dyer. No início do dia, tenho de tomar nota de alguma coisa que aconteça no livro de registos e depois informo Matron se alguém estiver doente. Tenho de me certificar que todos os alunos nas mesas do primeiro ano da sala de jantar colocam o seu tabuleiro na "Devolução de Tabuleiros" após a refeição. Esse tipo de coisas. A responsabilidade de um delegado é muito maior se for sénior.

Mas eu gosto do cargo. Temos a nossa própria sala de convívio para delegados, onde podemos fazer chá e café, ver televisão e jogar bilhar. Podemos usar a sala de computadores a qualquer altura e podemos navegar na Internet mesmo quando nenhum professor está presente. O Henry tem uma chave da loja dos doces, por isso os delegados podem lá ir sempre que quiserem, em vez de ter de esperar por quarta-feira ou sábado ao fim da tarde. (Continuamos a ter de pagar, claro, mas eles confiam que nós ponhamos a quantidade de dinheiro certa na caixa.)

Tal como os mais velhos, estou autorizado a sair da escola e ir até à cidade. Stewkbourne não tem muita coisa:

uma loja, que também funciona como posto dos correios; uma escola de crianças; uma igreja; um bar (onde nem mesmo os seniores podem entrar); uma estação de comboios e um café que pertence a duas irmãs idosas. Aos domingos à tarde, há sempre pelo menos meia dúzia de nós no café. Atenção, nada de balbúrdia por lá. À mais pequena confusão as velhotas telefonam logo para a escola. E é praticamente tudo. Não há muito para fazer mas, ainda assim, é um alívio poder sair por uma hora ou duas.

Estou a gostar imenso das aulas com o Dr. Dyer. Ele faz com que tudo se torne tão interessante.

Enquanto saíamos da aula de Inglês esta manhã, Emily disse-me que precisava de falar comigo, e disse que era urgente. Mas recusou-se a dizer-me qual era o assunto. Combinei encontrar-me com ela amanhã no Octógono.

42

— Esta manhã quero falar-vos de uma ideia extremamente perigosa – começou por dizer o Dr. Dyer, olhando solenemente à volta da sala.

A turma ajeitou-se nas suas cadeiras e preparou-se para ouvir.

— É perigosa porque, uma vez que dela tenham conhecimento, podem resolver toda a espécie de problemas científicos. Se permitíssemos que esta ideia se espalhasse, em breve teríamos todos os Paulos, Antónios e Franciscos a perceberem que a ciência (a ciência *a sério*) é fácil. Devemos tentar guardar isto só para nós.

«Chama-se *conservação da energia.* A ideia básica é a seguinte: lembrem-se que energia é a capacidade de fazer coisas. – Segurando num livro, disse — Antes que possamos mover isto, temos de dar-lhe energia; temos de dar-lhe um empurrão. Uma vez que tenha energia, passa a poder fazer coisas, tais como retirar objectos do seu caminho.

Com estas palavras, empurrou o livro ao longo do tampo da secretária, o que levou a que fosse embater num outro livro. Após terem parado ambos, continuou:

— Agora pararam porque a energia se esgotou. Certo?

A turma acenou, concordando.

— Errado! – declarou ele. — A energia continua lá; não desapareceu nem um bocadinho. Está lá; algures – apontou vagamente. — Alguém tem alguma sugestão?

— Tem qualquer coisa a ver com o atrito? – perguntou Ali, hesitante.

— Continua – respondeu o Director.

— O atrito da superfície da mesa impediu-o de se mover. Os átomos no interior na superfície da mesa foram postos em movimento; a mesa aqueceu um pouco.

— Certíssimo! – disse o Director. — E a energia para o fazer veio do livro. Portanto, a energia não desapareceu; simplesmente, mudou de forma. Ao invés da energia de movimento (energia cinética), tornou-se energia térmica. Pelo menos, foi o que aconteceu com parte dela. Não podemos esquecer a resistência do ar. Parte do ar foi posto em movimento, passando agora a ter energia cinética. Se adicionássemos toda a energia dada ao ar e à mesa, veríamos que continuávamos a ter exactamente a mesma quantidade que o livro tinha originalmente. O total de energia mantém-se o mesmo ou, como dizemos, esta foi *conservada*.

— Mas de onde parte toda esta energia? – perguntou Linda. — Onde é que o *professor* foi buscar a energia para empurrar o livro?

— A maior parte da energia que encontramos aqui na Terra tem origem no Sol – explicou o Dr. Dyer. — O Sol envia luz e outros tipos de radiação que os nossos olhos não conseguem ver: luz ultravioleta, que nos dá o bronzeado e raios de calor infravermelhos. Parte destes é absorvida pelas plantas e por elas transformada em energia química. Essa energia é transformada noutras formas de energia quando comemos as plantas, ou quando os animais comem as plantas e nós comemos os animais. Parte da energia é armazenada como energia muscular. Foi assim que eu fui capaz de dar energia cinética ao livro: dei alguma da energia que estava armazenada nos meus músculos. E cansei-me ao fazê-lo.

«A energia está constantemente a adoptar diferentes disfarces; energia cinética, energia térmica, energia química, energia muscular. E, lembram-se, energia potencial? É isso que este livro agora tem – disse ele, pegando no livro e segurando-o ao alto. — Por que é que dizemos isso? Porque se eu o largo... – largou o livro e este caiu no tampo da secretária — adquire em troca energia cinética, a qual, agora que o livro está em repouso sobre a mesa, é ainda uma outra forma de energia. Qual é?

— Energia térmica – disseram em coro.

— Certo. Portanto, esta é a ideia geral: qualquer que seja o tipo de energia que se tem no início, acaba por ter-se exactamente a mesma quantidade no final. Tem simplesmente de se identificar qual o disfarce que ela tem no momento.

«Isso é, portanto, conservação da energia. Como eu disse, é uma perigosa e eficaz forma de se compreender o que se está a passar: os cientistas usam-na a toda a hora. Felizmente, é uma ideia que a maioria das pessoas nunca chega a conhecer. Um dos motivos para tal desconhecimento é que as pessoas não apreendem todos os diferentes disfarces que a energia consegue adoptar. É fácil de perceber como as coisas se lhes escapam: radiação infravermelha e ultravioleta, energia potencial e algumas outras são facilmente ignoradas porque são invisíveis. *Parece* que a energia desapareceu.

— Mas eu não compreendo – disse Linda. — Todos nós falamos de energia que é "gasta" e de termos de conservar reservas de energia ou ficaremos sem nenhuma de sobra.

— Ah! – declarou o Director, sorrindo. — Mais confusão gerada pelos Antigos Dyerenses! Não, o que têm de compreender é que, apesar da energia ser sempre conservada, aquela que vos sobra no final nem sempre é muito útil. Assim, por exemplo, se têm energia muscular, essa é útil; podem fazer todo o tipo de coisas: levantar pesos, atirar coisas, correr, martelar, e por aí fora. A energia na forma de um martelo em movimento também é útil; pode martelar num prego. Mas assim que o prego tenha sido martelado e atinja um ponto de paragem na madeira, a energia passa simplesmente a aquecer um pouco o prego e a madeira. A energia continua a *fazer* alguma coisa: a fazer com que os átomos saltitem. Mas, e então? Não tem grande utilidade. Não vão conseguir grande coisa por terem madeira ligeiramente aquecida! Ou considerem o exemplo dos oceanos; eles contêm uma vastíssima quantidade de energia, com todos aqueles átomos saltitantes. Mas o que é que vocês podem fazer de útil com biliões de toneladas de água fria?!

— Então, o que eu estou a dizer é que, à medida que o tempo passa, a energia passa para um estado que nos é cada vez menos útil. Por sua vez, isso leva-nos a dizer coisas como: "Toda a energia foi gasta". Claro que o que queremos realmente dizer é "toda a energia capaz de fazer um trabalho útil foi gasta." Mas quem é que quer dizer isto de forma tão detalhada?! É assim que os Antigos Dyerenses têm conseguido espalhar a ideia de que a energia desaparece, pura e simplesmente. E devo dizer que têm feito um excelente trabalho. A conservação da energia é uma ameaça, mas graças ao trabalho dos nossos antigos alunos, quase ninguém se apercebe do que realmente se passa. E quando chegar a vossa vez de irem lá para fora para o vasto mundo, confio que continuem com este bom trabalho.

43

Tal como combinado, Jamie encontrou-se com Emily no Octógono nesse final de tarde. Emily começou imediatamente a sua invectiva:

— É repugnante o que o Dyer e todos vocês estão a tramar! Deviam ter vergonha.

Jamie foi apanhado de surpresa.

— Não sei do que estás a falar.

— Ah, deixa de ter armar em inocente. Eu sei tudo.

— Tudo sobre o quê? – protestou Jamie. — Não faço ideia...

— Eu tenho os meus métodos de descobrir as coisas – declarou ela, sombriamente. — Vocês, os delegados, não têm propriamente o cuidado de falar baixo no café: fazem uma barulheira.

— O café! Mas tu não podes entrar no café. Tem de se ser sénior, ou delegado, como eu.

— E então! – bufou ela de raiva. — É pouco provável que eu descubra alguma coisa se andar a escutar as vossas conversas nos corredores, não é? Vocês são demasiado reservados para tal. Mas no café é diferente. Agradável e privado, afastado da gentinha de baixo nível como eu. Só que há uma coisa. A sala do fundo do café: fora da vista, mas não fora do ouvido. De lá pode ouvir-se tudo o que se passa em frente.

— Mas como é que as irmãs velhotas te deixam entrar? Não é suposto que...

— O que é que achas? Disse-lhes que era delegada, uma delegada de primeiro ano, «tal como o meu amigo Jamie».

Fez-se um curto silêncio, enquanto Jamie digeria estas palavras. Acabou por murmurar:

— Então? O que pensas que descobriste?

— Tu sabes o que eu descobri – respondeu ela. — Tudo sobre o que vocês andam a tramar para travar o progresso científico.

— Não, não – protestou Jamie. — Percebeste mal. Nós não estamos a *parar* a ciência. Apenas a abrandá-la um pouco, para dar às pessoas (ao governo) tempo para aprenderem a lidar com as mudanças científicas. Tens de admitir, a ciência meteu o mundo numa grande trapalhada.

— Eu não admito nada disso – protestou ela, enquanto um rubor lhe subia às faces.

— O quê? – retorquiu Jamie. — Poluição, derramamentos de petróleo que levam à morte das aves marinhas, a camada de ozono, o aquecimento global, envenenamento por chumbo devido ao fumo dos combustíveis para carros...

— Ah, eu sei tudo sobre *isso* – interrompeu ela. — Poupa-me o sermão. *Há* problemas, mas têm estado a ser resolvidos. Para começar, temos combustível sem chumbo. E em relação àqueles químicos que estavam a destruir a camada de ozono, a sua venda em latas de *spray* foi proibida. De qualquer maneira, então e os *benefícios* que advêm da ciência? O que tens para dizer sobre eles? Será que queres realmente ir afiar uma pena de ganso de cada vez que fizeres os TPC? – questionou ela, indicando com a cabeça a esferográfica espetada no bolso do casaco de Jamie. — Na verdade – continuou ela, mirando-o de cima a baixo — toma como exemplo as tuas roupas. Estás a usar *alguma coisa* que não seja fibra artificial? E como estão os teus dentes? Ainda tens a maior parte deles? Tens aí uns chumbados; gostava de saber de onde é que isso vem, já para não falar no anestésico local que fez com que não sentisses as dores enquanto te chumbavam os dentes. Queres que continue?

— Não é preciso – disse Jamie. — Tenho de ir. Vai dar um programa que eu quero ver. Estou atrasado.

— Aaah! Um programa de televisão? – gozou ela. — Pergunto-me de onde é que *isso* virá. E ele está *atrasado*. Como é que ele sabe disso? Ah, sim, estava a esquecer-me: ele está a usar um relógio. A quem será que temos de agradecer por *isso*?

Jamie levantou-se, mas Emily correu para a porta para lhe impedir a saída.

— Jamie. Não vás. Por favor. Desculpa – parecia aborrecida. — Não era minha intenção dizer tudo isto. Entusiasmei-me um pouco.

Jamie hesitou e depois cedeu. Sentou-se de novo. Emily aproximou-se e sentou-se ao pé dele.

Passados alguns momentos, ele disse:

— Sinceramente, não há razão para ferveres dessa maneira. É só um abrandamento. Não estamos a tentar fazer parar a ciência.

— Mas é exactamente isso que *está* a acontecer – insistiu Emily. — A ciência não só parou, começou a regredir. O que se passa contigo? Não lês os jornais?

Jamie moveu-se na cadeira com desconforto: não tinha o hábito de ler os jornais; tinha apenas uma vaga ideia sobre o que se passava fora da escola.

— Agora estás a ser parva – protestou ele. — Não podes culpar a Academia do Dr. Dyer por tudo aquilo que lês. Estamos apenas a fazer a nossa parte para abrandar a ciência aqui no Reino Unido. Mas, em relação ao resto da Europa,

América e Oriente, não podes pensar realmente que a nossa pequena escola aqui em Stewkbourne é responsável pelo que acontece *lá*?!

Emily encolheu os ombros.

— Não sei. Parece estar um bocado fora do nosso alcance. Mas temos estudantes estrangeiros. De facto, se pensares nisso, a maioria dos estudantes aqui é estrangeira: Helmut, Ali, Marcelo, Chuck, Rosita... O que é que acontece quando eles partirem? Voltam aos seus próprios países. Presume-se que façam o mesmo que os Antigos Dyerenses fazem neste país. Não, eu não me admirava nada que isto fizesse tudo parte do plano do Dr. Dyer: recrutar alunos estrangeiros, uma tarefa deliberada para parar a ciência *em todo o mundo*, não apenas neste país.

— Não fez parar a ciência – insistiu Jamie. — É apenas um abrandamento...

— Por amor de Deus! – disse Emily, exasperada. — Tu és tão *ignorante*! Ainda ontem a Associação de Assistência aos Doentes de Cancro anunciou que deixou de fazer peditórios à população para investigação. Porquê? Porque não há cientistas suficientes para fazer investigação!

Jamie parecia embaraçado.

— Por acaso, reparei nisso – murmurou ele. — Pensei logo em ti e nos teus planos para fazeres esse tipo de trabalho. Mas ainda penso que não estás a ver bem as coisas. Não é tão mau como queres fazer parecer. Acredita em mim, não é. Eu *conheço* o Dr. Dyer. Conheço-o muito melhor do que tu.

44

O Dr. Dyer pediu aos delegados que analisassem serviços noticiosos na televisão e jornais como TPC durante as férias da Páscoa. A ideia geral era que estivessem atentos a exemplos de Antigos Dyerenses em acção. Apesar de, a princípio, terem detestado a ideia de fazerem trabalhos escolares durante as férias, acabou por se tornar bastante divertido. Quando se encontraram, no início do terceiro período, foi Jamie quem deu início à discussão.

— Havia um apresentador de meteorologia. Avisou que o tempo ia ficar mau. O que ele disse foi: «Certifiquem-se que se agasalham com algo quente, para que o frio não consiga entrar». Isto não está certo, pois não? Sugere que as roupas são naturalmente quentes e manterão uma coisa chamada "frio" lá fora. O que ele deveria ter dito é que as roupas impedem que o calor saia.

— Eu encontrei uma coisa desse género – disse Melanie, mostrando um recorte de jornal. — Este alpinista que eles salvaram; diz aqui que ele sofria de ulceração causada pela geada. É o mesmo tipo de coisa, não é? – a geada ou o frio a entrarem, em vez de ser o calor a sair e, neste caso, a causar-lhe até este problema!

Jamie continuou.

— O apresentador da meteorologia continuou, dizendo que amanhã não se espera que haja Sol. Nós sabemos o que ele quer dizer, mas é um bocado pateta, se pensarmos nisso. Não há Sol?!

O Dr. Dyer sorriu.

— Ah! Ficarias admirado se soubesses as coisas que as pessoas pensam. Uma grande parte delas, não vê qualquer relação entre a luz solar e o facto de ser dia. Não lhes ocorre que ser de dia, mesmo num dia nublado, se deve, ainda assim, ao Sol. Não, os Antigos Dyerenses que se tornaram apresentadores de meteorologia estão a fazer um bom trabalho.

— Então e este anúncio a detergente para lavar a roupa? – perguntou Linda. — Diz: «Excelente tanto para roupas brancas como de cor». Isto dá a impressão que o branco não é colorido, que não tem nenhuma cor. Mas isso não é verdade.

— Não, definitivamente não é – concordou o Director. — Como se lembram, o branco é a mistura de todas as cores do arco-íris. Mas vocês nunca diriam que assim é quando olham para o que diz nas máquinas de lavar roupa e seus detergentes.

— A propósito – acrescentou ele —, por falar em todas as cores do arco-íris, não se esqueçam que muitas pessoas não sabem que há formas de luz que os nossos olhos não conseguem captar. De facto, esta é uma oportunidade tão boa como qualquer outra para vos começar a falar de uma das ideias mais irritantes que os cientistas alguma vez inventaram. Tal como a da conservação da energia, esta é tão eficaz para explicar as coisas que temos de fazer tudo ao nosso alcance para impedir que o público tenha acesso a ela.

«A luz viaja por aí em forma de ondas. É um bocado como a suave ondulação num lago: uma pequena elevação, seguida de uma depressão, seguida de uma elevação, e por aí fora. Para cada cor, há uma distância específica entre as sucessivas elevações e a que chamamos *comprimento de onda*. O comprimento de onda da luz vermelha é cerca do dobro do da luz violeta; e isso explica a diferença entre as cores: são exactamente idênticas, excepto no que diz respeito aos seus comprimentos de onda.

«Mas há mais: há comprimentos de onda mais longos do que os do vermelho: raios caloríficos infravermelhos, ondas de rádio, ondas de televisão, ondas de telemóveis e as micro-ondas usadas para cozinhar. Podem pensar em todos estes diferentes tipos de radiação como um tipo de luz, mas luz esta cujo comprimento de onda é longo. E existem também comprimentos de onda mais curtos do que o do violeta: raios ultravioleta, que bronzeiam a pele e raios-X, que permitem olhar para dentro do vosso corpo. Todos estes diferentes tipos de radiação são *a mesma coisa*; a única diferença entre eles é o seu comprimento de onda. Os cientistas chamam-lhes *ondas electromagnéticas.*

«Pensem só nisso! Assim que alguém começa a compreender as ondas electromagnéticas, todas estas diversas coisas são explicadas num ápice! Tal como eu disse, é uma ideia perigosa.

Todos acenaram com a cabeça.

— Felizmente, as coisas não são tão más como possam pensar. O facto de todas estas outras radiações serem invisíveis é uma ajuda enorme. «Ver para crer.» Parto do princípio que todos vocês ouviram já esta expressão?

Todos a tinham já ouvido.

— Óptimo. Esta é uma das nossa expressões. Inventámo-la aqui na Academia há muitos anos e, felizmente, temos tido a oportunidade de a incutir firmemente na mente da maioria das pessoas.

De seguida, Henry apresentou um recorte sobre uma estrela de cinema que «lançou um olhar» a um repórter.

— De certa forma, é o mesmo que dizer que alguma coisa foi lançada do olho do actor e foi atingir o repórter, em vez de dizer que a luz vinha do repórter e entrava no olho do actor – disse ele.

— Bem visto, Henry – disse o Dr. Dyer, calorosamente. — Existe uma grande confusão em relação ao modo como vemos. Os Antigos Dyerenses conseguiram fazer passar a ideia de que algumas pessoas sofrem de "vista fraca". Isso ajuda a criar a ilusão de que alguns tipos de raios de luz não são captados pelo olho e, por isso, estão enfraquecidos. Também se ouve pessoas a dizer como «dirigiram o seu olhar» numa determinada direcção; ou podem dizer-vos para «olhar melhor». Todas estas expressões foram inventadas com o mesmo objectivo: distrair a atenção do que se está realmente a passar, nomeadamente, o facto do olho simplesmente captar qualquer luz que vem na sua direcção.

O Director prosseguiu, mencionando que tinha sido um antigo Dyerense quem tinha introduzido pela primeira vez a expressão "lente de aumento"([4]). A explicação que ele dera foi que estas lentes aumentavam o que quer que fosse que o seu utilizador estivesse a observar: faziam com que as palavras impressas parecessem maiores, por exemplo.

— O que é razoável – disse o Dr. Dyer. — Mas, então e quando são usadas em dias de sol para queimar buracos em folhas de papel e fazer lume? O que está a lente a fazer nessas ocasiões? A aumentar a luz; está a produzir mais luz, certo? – disse ele, olhando para a turma com um ar malicioso.

Os alunos não sabiam o que pensar.

O Director parecia desapontado.

— Essa agora! Um pedaço de vidro a *produzir* luz! Qualquer pessoa que saiba sobre a conservação da energia terá de reconhecer imediatamente que tal é impossível; não se pode produzir energia térmica a partir de nada. Mas, feliz-

([4]) A tradução correcta seria «lupa», contudo, optou-se pela tradução literal – perfeitamente compreensível ainda assim – para respeitar o trocadilho (N.R.)

mente, a maioria das pessoas não sabe nada acerca de conservação da energia, por isso é fácil convencê-las que a lente de aumento está a produzir luz adicional, e não simplesmente a reuni-la e concentrá-la num pequeno ponto. Não, chamar-lhe "lente de aumento" foi um toque de génio.

Ali trouxe um recorte de jornal sobre uma vaga de calor na América; numa fábrica de chocolates, todos os chocolates se tornaram «aguados».

— Isso não pode ser verdade, pois não, Professor? Donde é que terá vindo a água?

— Exactamente – respondeu o Director. — Mas, de novo, ficariam surpreendidos com a quantidade de pessoas que são levadas a pensar que quando alguma coisa derrete, isso se deve ao facto de alguma quantidade de água ter entrado. E ainda sobre o tema das coisas que derretem e tentar manter as coisas frescas: por que razão tantos recipientes para cubos de gelo que há nos frigoríficos são feitos de alumínio?

A turma ficou sem expressão.

— Porque o alumínio é um metal e os metais são naturalmente frios e, portanto, transformam a água em gelo, não é? – disse ele, com ar conhecedor.

Os alunos abanaram a cabeça; já não caíam nessa.

— Está bem, deixem-me fazer-vos esta experiência – continuou ele. — Por que é que a parte exterior dos recipientes térmicos é feita de metal? É porque os metais são naturalmente quentes, o que faz com que as bebidas sejam mantidas quentes, certo?

De novo, abanaram negativamente a cabeça.

— Se não leva a mal que eu faça esta observação, Professor – disse Henry —, acabou de se contradizer. Não pode dizer que o metal é naturalmente quente, quando tinha anteriormente dito que era naturalmente frio!

— E por que não? – replicou o Dr. Dyer. — Nada está

para além das capacidades dos antigos alunos desta Academia. Eles conseguem fazer as pessoas acreditar simultaneamente em coisas opostas (ambas estão erradas)! Nunca deixam de me surpreender - disse ele, com admiração. — Estou confiante que vocês continuarão a estudar o seu trabalho e a aprender com ele.

45

2 de Maio

Desleixei-me um pouco, lá para o fim do último período, na escrita deste diário, mas durante as férias tomei a decisão de fazer melhor, por isso aqui vai.

Não que seja fácil. Tenho de estar a fazê-lo à luz de uma lanterna! Está a haver um corte de electricidade. Ao que parece, isto vai passar a acontecer frequentemente até que consigam restabelecer as centrais eléctricas e pô-las em funcionamento de novo – se é que alguma vez o conseguirão. Este corte teve início às sete horas da tarde e deve continuar até às onze da noite. Na verdade, é bastante divertido. É como no Natal, mas sem os presentes, claro.

Ao voltar à escola após as férias, a primeira pergunta que toda a gente faz é: «Quem é que falta?» Com tantas empresas a irem ao ar nos dias que correm, os pais que perdem os seus empregos não têm possibilidade de continuar a pagar as mensalidades. Atenção, não tive pena nenhuma em saber que não veremos mais a Sarah-sabe-tudo. O Pai dela trabalhava para a International Motors. *É engraçado pensar que, com o fim da* International Motors, *não vão ser fabricados mais nenhuns carros na Europa.*

Devo dizer que o projecto para as férias me abriu os olhos. Os Antigos Dyerenses parecem estar a trabalhar em todo o lado! E continuam impunes. Não consigo, por mais que tente, compreender como é que não o percebi antes. É tudo tão óbvio – assim que partilham connosco aquilo que andam a tramar.

46

De vez em quando, alguns Antigos Dyerenses voltam para visitar a escola. Quando o fazem, o Director geralmente leva--os a entrar para verem os delegados e falar do seu trabalho.

A Srª. Sharp concebe embalagens de plástico para champôs, detergentes de lavar louça, refrigerantes, etc. Explicou à turma que uma das suas tarefas era decidir qual a forma que a embalagem deveria ter. Pegou em algumas embalagens que tinha na mala e colocou-as em fila no tampo da secretária.

— Qual destas vos parece que leva mais quantidade? – perguntou ela. — Vão a um supermercado e vêem todas estas embalagens ao mesmo preço. Qual é que escolhem?

Após uma breve discussão, a turma chegou a um acordo em relação a qual era a maior.

— Não prefeririam esta? – disse ela, segurando uma embalagem côncava e atarracada.

— Não, obrigada. – disse Linda. — Perguntou-nos qual levava *mais* quantidade. Essa é a mais pequena de todas. Não, eu mantenho a nossa primeira opção.

A Srª. Sharp sorriu.

— Na verdade, todas estas embalagens levam exactamente a mesma quantidade. Vejam – disse ela, de modo a que eles pudessem ler as etiquetas. Todas elas levam 500 ml.

Os alunos mal conseguiam acreditar. Algumas das embalagens pareciam muito maiores do que outras. Ela explicou como se podia levar as pessoas a pensar erroneamente que estão a comprar mais, colocando simplesmente o produto num frasco ou caixa com uma forma diferente. Quando as embalagens foram dispostas por ordem de tamanho aparente, tornou-se claro que as que pareciam maiores eram as mais altas. Eram também mais planas, de modo a parecerem maiores quando olhadas de frente, a posição em que seriam colocadas numa prateleira de supermercado.

— Então – avisou-os ela — da próxima vez que forem a uma loja, não se esqueçam de verificar a quantidade indicada na etiqueta. Se não o fizerem, se se deixarem levar apenas pelas aparências, podem ter a certeza que se vão deixar levar por mim!

Todos se riram. O Dr. Dyer agradeceu-lhe. Ela reuniu as suas embalagens e foi-se embora.

— Esta é uma mulher de muito sucesso – disse o Director, depois dela ter partido. — Não é por acaso que guia um *Porsche*. E seria a primeira a admitir que as suas ideias tiveram início aqui mesmo, nesta sala, durante a aula que eu estou prestes a dar-lhes esta manhã.

«Sabem, as pessoas ficam muito confusas com a quantidade de matéria (a quantidade de coisas) com as quais estão a lidar, com a sua origem e fim.

Pegou num pedaço de plasticina.

— Observem atentamente – disse ele. Começou a moldar a plasticina em diferentes formas. — Agora parece grande... agora parece pequeno. Tal como aquelas embalagens. Mas o mais interessante é que a maioria das pessoas pensa que o *peso* deste pedaço de plasticina depende da sua forma. Agora pesa mais... do que agora – disse ele, mudando a sua forma. — Por outras palavras, a *quantidade* de plasticina varia, apesar do facto de poderem ver que é o mesmo pedaço de plasticina. Foi assim que Jenny, quer dizer, a Srª. Sharp, teve a sua ideia e é por isso que os fabricantes lhe pagam enormes quantidades de dinheiro para que ela lhes conceba as embalagens.

O Dr. Dyer continuou, passando a explicar que não era apenas uma mudança de forma que fazia com que as pessoas pensassem que a quantidade se tinha alterado.

— A *mistura* de coisas pode também alterar a quantidade, ou assim pensam elas. Imaginem, por exemplo, que pesam dois pedaços de massa (para fazer pão); cada um pesa 400 gramas. Depois, misturam os dois pedaços e estes formam um pedaço grande. Muitas pessoas não se apercebem que o peso do pedaço grande é apenas a soma dos pesos dos dois pedaços separados: 800 gramas.

«Da mesma forma, se cortarem uma folha de papel, não sabem que somadas as áreas dos pedaços cortados, o resultado continuará a ser o da área da folha inicial.

«Pensam também que se uma coisa aumenta de tamanho, deve ser mais pesada – continuou ele. — Uma forma de pão retirada por eles do forno deve pesar mais do que o pequeno pedaço de massa que lá puseram inicialmente, porque a forma cresceu e tornou-se maior.

— E acontece a mesma coisa com as pipocas? – perguntou Ali, com uma expressão hesitante. — Será que elas pesam apenas o mesmo que pesavam antes de terem rebentado e expandido?

— O que é que *tu* achas? – perguntou o Director.

— Bem, penso que está dizer que sim. Mas não parece.

— Não, concordo contigo. É difícil acreditar que um pedaço grande de pipoca não pese mais do que o pequeno grão do qual veio. Mas é verdade. E sabemos que é verdade por causa de uma coisa chamada *conservação da massa.*

Fez uma pausa e olhou para a turma, com ar grave.

— Infelizmente, é mais uma dessas ideias científicas

perigosas. É tão perigosa quanto aquela primeira de que eu vos falei: a conservação da energia. Lembram-se que a quantidade de energia permanece sempre a mesma, independentemente do que acontece. Que ideia tão fundamental para a compreensão do que se passa! A conservação da massa é uma outra dessas ideias pensadas pelos cientistas. Diz-nos que a quantidade das coisas permanece a mesma, independentemente do que acontecer.

«Estou a avisá-los, se alguma vez se permitir que o público saiba acerca da conservação da massa... – abanou a cabeça tristemente. — A conservação da massa tem-me feito passar muitas noites em claro. Tomem isto como exemplo...

Pegou numa proveta e encheu-a até meio com água morna da torneira. Dirigiu-se ao armário onde guardava as coisas para fazer café e pegou num pacote de açúcar. Espalhou algum do açúcar dentro da proveta. Mexendo-o até que se dissolvesse, perguntou depois:

— Quanto é que esta proveta pesa agora, comparada com o peso da água e do açúcar com que começámos?

Mickey levantou o braço, mas depois, lentamente, baixou-o.

— Ias dizer? – inquiriu o Director.

— Huuum... nada, Professor. Mudei de ideias.

— Continua. O que é que ias dizer? – insistiu o Dr. Dyer.

— Bem – começou o Mickey, com incerteza —, ia dizer que a água pesava o mesmo que anteriormente, porque o açúcar desapareceu. Mas se, como diz, a matéria é conservada...

— Sim? – encorajou o Dr. Dyer.

— Então, penso que a agora a água deve pesar o mesmo que anteriormente *mais* o peso do açúcar. Não é?

— Exactamente – suspirou o Director. — Vêem o que eu quero dizer? – virou-se para o resto da turma com um gesto de desalento. – Ele acertou. Já não se deixou enganar pelo facto de o açúcar ter desaparecido de vista. Ele sabe que a mesma quantidade de coisas *tem* de estar por ali, algures. E se tomarem um gole, certamente notarão que a água agora está adoçada; o açúcar continua lá, apesar do facto de já não poder ser visto.

— Mas tem a certeza que pesa o mesmo? – continuou Mickey, ainda não convencido. — Eu sabia que o açúcar continuava lá. Não era essa a questão. A questão é que agora foi dissolvido: agora é um líquido; antes era sólido. Os líquidos não pesam tanto como os sólidos.

— Quem te disse isso? O gelo é sólido; é água sólida, certo? Mas o gelo flutua na água líquida; a sua densidade é menor do que a da água. Quando o gelo se forma a partir de água líquida, expande um pouco e torna-se menos denso, mas o gelo continua a pesar o mesmo que a água que o formou. Da mesma forma, quando se conhece a teoria da conservação da massa, podem estar certos que se tiverem determinada quantidade de açúcar, esta pesará o mesmo, quer esteja na sua forma sólida ou líquida, e pesará o mesmo, quer possam vê-la ou não.

«A conservação da massa altera também o modo como se olha para outras coisas. Pensem numa vela, como todas aquelas velas que temos pela escola nos dias que correm – disse ele com um grande sorriso. — Acendam-na e o que acontece? A cera desaparecerá. A *cera* desaparece, mas não aquilo de que a cera era feita. No processo de queima, isso mistura-se com ar para formar gases, gases estes invisíveis e que são libertados para a atmosfera. Se conseguissem juntar todos esses gases, veriam que todos eles pesavam o mesmo que a cera inicial mais o ar inicial.

«As pessoas que nunca ouviram falar da conservação da massa podem ser enganadas (por velas que arderam e açúcar dissolvido), pensando que a matéria pode desaparecer e tornar-se nada; podem também ser levadas a pensar erradamente que pode aparecer matéria nova a partir do nada! Tomem o exemplo de uma pequena bolota: ela transforma-se num carvalho enorme. Pensem só em todas as coisas adicionais que agora temos! Vieram do nada! Só que qualquer pessoa que saiba sobre a conservação da massa vai subitamente, como se fosse atingida por um ramo de árvore na cabeça, perceber o que realmente se passa. Ramo... carvalhos... perceberam?

— Ha ha! – riram os delegados, por educação.

— Bem, de qualquer forma... como eu estava a dizer: eles saberão que a coisa a partir da qual o carvalho é feito *deveria* estar por ali anteriormente, numa outra forma: ar, chuva, químicos no solo. Todos estes diferentes ingredientes foram agora combinados para formar madeira: a madeira que constitui a árvore.

«Não – concluiu ele, com tristeza. — A conservação da massa coloca-nos um dos maiores desafios que enfrentamos.

47

15 de Maio

A Emily quer encontrar-se comigo – de novo. Ela diz que é muito, muito importante. A princípio, não lhe dei muita importância. Ela está sempre a fazer uma cena por tudo e por nada. «Outra das tuas conspirações a nível global?», disse eu. O mundo foi raptado pela Academia do Dr. Dyer e espera o resgate – que história de terror chocante! Portanto, disse-lhe que estava muito ocupado.

Mas, depois, ela mostrou-me o certificado. Eu nunca tinha visto um Certificado Euro Laureado antes, por isso não sei qual a sua aparência. Mas, sem dúvida, parecia oficial. E tinha lá o meu nome escrito! O que significa que não pode ser verdadeiro. Então o que era? Como é que ela o arranjou? Provavelmente vou arrepender-me, mas concordei vê-la amanhã, no sítio do costume.

48

— Desculpa-me ter-me atrasado – disse Emily, enquanto entrava no Octógono. — Tive de ir ter com Matron para me fazer um penso novo. – Apontou para o penso que tinha no joelho.

— O que é que te aconteceu? – perguntou Jamie.

— Ah, não é nada. Só uma esfoladela. Fi-la quando estava a sair do gabinete do Director. Fui contra a mesinha do café.

— Por que é que o Director queria falar contigo?

— Não queria. Ele não sabia que eu lá estava.

Jamie franziu as sobrancelhas.

— É sobre isso que eu quero falar contigo – continuou ela. — Foi durante o corte de electricidade de ontem. Eu estava a caminhar pelo corredor e passei pela porta do gabinete do Director. Estava aberta; estava escuro; não havia ninguém. Eu tinha uma lanterna, por isso decidi dar uma espreitadela por lá.

— Tu O QUÊ? – exclamou Jamie. — Foste ao gabinete do Director sem autorização?

— O que é que querias? – disse ela, continuando com um tom de troça. — Por favor, Professor, dá-me autorização para que dê uma espreitadela no seu gabinete? É claro que não tinha autorização. Lá porque tu és um mariquinhas...

— Pára com isso! – respondeu Jamie, furioso.

— Desculpa – disse Emily.

— Continua lá com o que ias a dizer. Por que é que queres falar comigo? E aquele certificado que tinhas ontem, o que era aquilo?

— Estava quase a chegar a essa parte. Dei uma boa vista de olhos pelo gabinete. Não havia nada de especial na secretária nem nas prateleiras de livros.

— De que é que andavas à procura?

Ela encolheu os ombros.

— Não sei. Nada de especial. De qualquer forma, tal como disse, não encontrei nada até que cheguei à porta interior.

— À quê?

— Tu sabes. Quando entras no gabinete do Dyer, há lá uma porta, à direita.

Jamie abanou a cabeça.

— Nunca reparei.

— Bom, mas há – continuou ela. — Estava aberta. Olhei para dentro. O espaço é muito pequeno, não muito maior do que um armário. Mas é lá que está guardada a sua fotocopiadora. Havia uma pilha de papéis na mesa ao lado. Chamaram-me a atenção. Estava com curiosidade e dei uma olhadela. Eram certificados de Euro Laureado.

Ela remexeu na mala e tirou de lá uma folha de papel. Era o certificado que mostrara rapidamente a Jamie no dia anterior. Começava assim: «Certifica-se que...». Havia depois um espaço para o nome do candidato e que estava preenchido com o nome de Jamie. Na parte inferior da folha havia uma assinatura rabiscada e um grande selo vermelho, do qual pendia uma fita vermelha. Parecia muito distinto, o tipo de certificado que se emoldura e pendura na parede.

— Notei depois que havia uma segunda pilha de certificados que não tinham, ainda, os selos vermelhos. E havia também um destes certificados na fotocopiadora. E ocorreu-me: estes certificados eram todos fotocópias.

— Fotocópias? – perguntou Jamie. — Por que haveria alguém de querer tirar fotocópias de uma coisa destas?

— Porquê, realmente? – disse Emily.

Jamie parecia confuso.

— Tu não... Tu não estás a dizer que o Dr. Dyer imprime os seus próprios certificados, que estes não são os verdadeiros?

— Provavelmente, são tão "verdadeiros" quanto quaisquer outros certificados Euro Laureado – respondeu Emily.

— O que é que queres dizer com isso?

— Quero dizer que esse tal certificado Euro Laureado não existe. É uma coisa inventada pelo Dr. Dyer. Ele sabe que nenhum dos seus alunos alguma vez conseguiria passar um exame como deve ser, não quando as suas cabeças estão cheias dos disparates que Miss Peters e os outros despejam.

— Ah, vá lá! – declarou Jamie, dando uma risada. — Não podes acreditar nisso a sério. Inventados?! Ele nunca se conseguiria safar com uma coisa dessas. Quem é que lhes daria importância? As entidades empregadoras saberiam que eles eram inúteis.

— Ah, sim? – perguntou Emily. — As entidades empregadoras também podem ser enganadas. Se alguém abana um certificado Euro Laureado com aspecto importante debaixo dos seus narizes (rematado com selo e fita vermelhos), será que eles vão admitir que nunca ouviram falar no Euro Laureado? Nos tempos que correm somos todos Europeus.

Jamie não pôde deixar de lembrar-se da reacção do seu pai quando o Dr. Dyer lhe falou do certificado Euro Laureado na entrevista. Era a primeira vez que *ele* tinha ouvido falar nele, mas não duvidou que seria uma qualificação genuína.

— Bem, não sei – disse Jamie. — Não me convenceste.

Veio-lhe uma ideia e a sua expressão iluminou-se:

— Penso que o Director tem de ter autorização da sede europeia para imprimir os certificados. Provavelmente, eles têm dificuldade em imprimir versões em inglês em Bruxelas. É por isso que deixam que o Dr. Dyer o faça por eles, com a sua autorização. Deve ser isso. Só que... – hesitou ele. — O meu nome. Não compreendo por que razão tem o meu nome lá escrito. Só daqui a alguns anos é que vou receber um destes.

— Ah, *isso*. Não há nenhum mistério em relação a *isso* – respondeu Emily. — Eu mesma o preenchi, pensei que ias gostar de ter um.

— Tu? Mas não deves fazer isso – protestou Jamie.

— «Não deves fazer isso». «Foste ao gabinete do Director sem autorização» – desdenhou Emily. — E daí? Nunca fazes nada que não devesses? Ainda não percebeste, pois não? Este "certificado" não vale o papel em que está escrito.

Com estas palavras, rasgou a folha.

Deixaram-se ficar em silêncio por uns momentos.

— Calculo que não tenhas mais novidades? – disse Jamie.

Emily acenou com a cabeça.

— Sim. Ouvi alguém a aproximar-se. Pelo menos, *pensei* ouvir alguém. Foi aí que me apressei a sair dali e me magoei no joelho.

— Bom, ainda não estou convencido – disse Jamie. — Estou um pouco preocupado, é verdade. Mas isto não são provas.

Emily levantou-se e dirigiu-se para a porta. Disse por cima do ombro:

— Nesse caso, vou ter de bisbilhotar mais um pouco.

49

18 de Maio

Não me importo de admitir que Emily me deixou preocupado – só um pouquinho. Tenho a certeza que deve haver uma óptima explicação para os certificados. Mas, e se ela está certa e é tudo uma fraude? Isso significa que terei estudado durante anos e não terei nada que o comprove.

Pensei em contar isto à Mãe e ao Pai, mas decidi não o fazer. Não quero que se preocupem sem motivo. Se eu tiver de deixar a Academia e a Mãe for obrigada a ficar em casa por minha causa, etc., etc. – a história do costume. Agora vou ver como é que as coisas correm.

De qualquer forma, não lhes posso mandar um e-mail. *O sistema está em baixo. Pelo que eles dizem, é provável que assim continue por muito tempo. Claro que, nos bons velhos tempos, quando ainda havia a Vodafone e outras companhias de telemóveis em funcionamento, eu poderia ter-lhes enviado uma mensagem. É realmente muito aborrecido que nada funcione nos nossos dias. Costumávamos imaginar como é que os povos antigos conseguiam viver sem* microchips. *Parece-me que estamos agora a descobrir!*

50

— O tema de hoje trata de sólidos, líquidos e gases – começou o Dr. Dyer. —Todos eles são constituídos por átomos: minúsculas partículas demasiado pequenas para serem vistas. Estas partículas mantêm-se juntas umas das outras. Num sólido, mantêm-se juntas com tanta força que permanecem nas respectivas posições; é por isso que os sólidos são duros e se mantêm com a mesma forma. Com os líquidos, as partí-culas também se juntam uma às outras, mas não com tanta força; conseguem passar umas pelas outras e é por isso que os líquidos são fluidos e mudam de forma.

«As partículas atómicas saltitam e vibram. Quanto mais elevada for a temperatura, mais elas saltitam. Se aquecerem gelo, em estado sólido, as partículas saltitam tanto que se soltam das suas vizinhas. É por isso que o gelo, quando aquecido, se transforma em água líquida. Continuem a aquecê-la e as partículas deixam de poder estar agarradas umas às outras; começam a vaguear pelo espaço. A água tornou-se agora vapor; um gás. Aumentem ainda mais a temperatura e as partículas de gás começam a voar cada vez mais depressa. Os gases são essencialmente espaço vazio...

— Espaço vazio? – exclamou Linda, levantando os olhos do caderno. — Foi isso que disse?

— Isso mesmo.

— Mas quando eu encho um pneu da minha bicicleta, ele torna-se muito duro. Tem apenas ar lá dentro (um gás). Mas está a dizer que, ainda assim, é constituído maioritariamente por espaço vazio? Como?

— O pneu mantém-se duro devido à forma como as partículas de ar andam a voar lá dentro e embatem contra as paredes do pneu, empurrando-as para fora – respondeu o Director. — Imagino que seja um pouco como um touro num campo. Se anda um touro louco às voltas, não é de estranhar que a maior parte do campo permaneça vazia!

«Vocês vão divertir-se imenso com os gases. Assim que disserem às pessoas que eles são constituídos maioritariamente por espaço vazio, elas passam a esperar que as partículas de gás caiam ao chão, uma vez que não há nada para as segurar. Imaginem só o que isso quereria dizer. Para começar, pensem no ar. De modo a podermos respirar, teríamos de andar por aí de gatas a inspirar o ar do chão!

Os alunos riram.

— As pessoas demoram a compreender que todas as partículas se movimentam, não estão fixas no espaço sem fazer nada. Estão sempre a voar, a balouçar, a embater contra as paredes da embalagem e umas contra as outras. Sabendo isto, deixem-me fazer-vos uma pergunta: como é que fariam para mudar um gás de um sítio para o outro?

Após muita discussão, os alunos ficaram com a ideia de que teriam de o conter.

— Isso mesmo – disse o Director, radiante. — Tem de ser contido num qualquer tipo de recipiente. Mas não numa chávena, por exemplo; não pode ser um recipiente aberto. O gás fugiria rapidamente daí. Não, tem de ser completamente fechado de todos os lados, tal como o ar num pneu de bicicleta. Só depois podem movê-lo de um sítio para o outro.

«Há, no entanto, uma excepção: uma caixa que não tem tampa mas, mesmo assim, de onde o gás não consegue escapar-se. Conseguem descobrir o que é?

Pensaram por uns momentos, mas acabaram por abanar a cabeça.

— Está bem – continuou ele. — O que impede o ar de se escapar para o espaço sideral? Não existe qualquer tecto sobre a Terra – acrescentou ele, com um piscar de olhos.

— Tem alguma coisa a ver com a gravidade? – perguntou Mickey.

— Excelente! Sim, é isso. Imaginem uma partícula de ar a mover-se para cima a direito, como uma bola que se atira ao ar. O que lhe acontece? A gravidade da Terra está a puxá-la, por isso ela abranda, tal como a bola o faz. Pára, depois cai de novo para a Terra, conseguindo a mesma velocidade que tinha alcançado na viagem ascendente. Portanto, é a gravidade da Terra que ajuda a conter o ar; funciona como a tampa que falta à embalagem. Dessa forma, para onde quer que seja que a Terra se mova através do espaço na sua viagem à volta do Sol, continua presa à sua atmosfera.

«Como eu dizia, os gases são engraçados. Os antigos Dyerenses divertem-se imenso com eles. Alguma vez viram uma nota, dizendo: «Por favor, devolva as garrafas vazias»? Ou alguma vez ouviram falar dos senhores do lixo que "esvaziam" os caixotes de lixo? O que é que isso significa? Será que as garrafas e os caixotes de lixo estão realmente *vazios*? Será que não têm, de facto, nada lá dentro? Claro que não. Estão cheios! Cheios de ar. O conteúdo inicial da garrafa foi agora substituído por ar.

«Por vezes, num fim de tarde de verão, quente e calmo, conseguem ouvir um antigo Dyerense queixar-se em voz alta: «Não consigo respirar. Não há ar. Abram uma janela. Deixem entrar um bocado de ar». Ele faz isto sabendo perfeitamente que a divisão está já cheia de ar (ainda que abafado, continua a ser ar).

«Por fim, deixem-me salientar um toque de génio de um dos nossos alunos anteriores. Ele trabalhava para a indústria petrolífera. Para além de perfurarem o solo à procura de petróleo, extraíam daí também o gás que se utiliza em radiadores e fogões a gás. Este aluno teve a brilhante ideia de dar a este tipo específico de gás o nome de "gás". E aí estava: chamava-se simplesmente "gás". É por isso que hoje falamos da indústria do gás, dos radiadores a gás, etc. Nos nossos dias, sempre que alguém diz a palavra "gás", todos pressupõem que se está a falar deste tipo particular de gás. Quando os cien-tistas tentam falar de todos os outros tipos de gás (o hélio, o oxigénio e todos os outros), ninguém faz ideia do que é que eles estão a falar; acham que tem de ter alguma coisa a ver com o gás que está no solo. É uma ideia tão simples, mas é brilhante!

Antes que pudesse continuar, a campainha começou a tocar. Não o curto toque que assinalava o final da aula, mas um toque longo, contínuo: o alarme de incêndio. Não que houvesse um incêndio. Era apenas um dos procedimentos normais. Tinham sido avisados com antecedência de que haveria um nessa manhã. Obedientemente, reuniram as suas coisas e saíram da sala em fila indiana em direcção à assembleia, que ficava no relvado das traseiras.

51

7 de Junho

Está decidido: os exercícios de incêndio são estúpidos. Toda a gente é avisada com antecedência que vão ter lugar. Por isso, estamos todos prontos. A campainha toca e todos arrumamos as nossas coisas e caminhamos lentamente em direcção ao relvado das traseiras. Ninguém os leva a sério. Parece-me que se houvesse um incêndio a sério, ninguém se mexeria, porque não tinham sido avisados com antecedência de que iria ter lugar! Partiriam apenas do princípio que a campainha tinha ficado emperrada ou que alguém lhes estava a pregar uma partida. Não, se eu mandasse não haveria qualquer aviso, e arranjaria maneira de encher a escola de um fumo asfixiante. Isso sim, seria um verdadeiro exercício.

52

Jamie estava a estudar na biblioteca, quando Matron entrou. Olhou à volta – estava evidentemente à procura de alguém. Reparou em Jamie e aproximou-se.

— Jamie – sussurou ela. — Miss Crowe precisa dar-te uma palavrinha.

— A mim? – perguntou ele, com surpresa.

Será que estava metido em sarilhos? Não conseguia imaginar o que poderia ser. Reuniu os seus livros e papéis e seguiu. Ela conduziu-o até à enfermaria, onde Miss Crowe o esperava.

— Ah! Encontraste-o, Matron. Obrigada – disse ela. — Anda, Jamie. Senta-te. Ali, na cama. Indicou com a cabeça uma das camas de hospital.

Uma vez sentado, ela continuou:

— Não te preocupes. Vai correr tudo bem. É que houve um acidente; um acidente de viação. A tua mãe e o teu pai.

A Mãe e o Pai! Um acidente. O seu sangue gelou.

— Tal como eu disse, estão ambos bem. A tua mãe está no hospital. Foi operada, mas agora está bem. O teu pai já retomou a vida normal. Telefonou há dez minutos. Estava a falar de França. Eles estão em França; sabes disso, não sabes?

Jamie acenou com a cabeça, sem dizer palavra.

— Sim, bem. Ele queria falar contigo, para que soubesses que está tudo bem. Eu expliquei-lhe que tínhamos de ir procurar-te. Na altura, não sabíamos onde estavas. Por isso, ele disse que voltaria a telefonar dentro de meia hora. Calculámos que nos daria tempo para te encontrarmos. Miss Bright recebeu instruções para passar a chamada para aqui. Desta forma, terás um pouco de privacidade.

Miss Crowe sorriu gentilmente e fez-lhe uma festinha na palma da mão. Jamie nunca a vira assim; ele sabia que a situação devia ser grave.

Passado algum tempo, ele disse:

— Tem a *certeza* que eles vão ficar bem? Não está a dizer isso por dizer...?

— Prometo – respondeu ela. — O teu pai estava bastante certo disso.

Seguiu-se um silêncio embaraçoso.

— Queres uma chávena de chá? – perguntou Matron. — Podia arranjar uma ou duas bolachinhas.

Jamie abanou a cabeça.

— Não. Eu estou bem, a sério.

Ela encolheu os ombros. Pareceu-lhes que esperaram uma eternidade. Miss Crowe tentou fazer com que Jamie não pensasse no assunto. Perguntou-lhe como é que os seus estudos estavam a correr. Estava a gostar de ser delegado? Esse tipo de coisas.

Subitamente, o telefone tocou. Jamie ficou fora de si. Miss Crowe atendeu e passou-lhe o telefone imediatamente. Trocou um olhar com Matron e saíram as duas da sala.

O Sr. Smith explicou a Jamie que ele e a mãe tinham estado a aproveitar umas curtas férias no final da sua estadia em França. Conduziam numa estrada sinuosa nas montanhas, e quando se aproximaram de uma curva mais apertada, o volante do carro soltou-se; o carro tinha perdido o controlo. Ele carregara a fundo nos travões, mas era tarde demais:

tinham batido no muro que estava na berma da estrada. O muro não era nem suficientemente forte nem alto para os fazer parar. Tinham passado a berma da estrada e resvalado pela montanha abaixo, capotando por várias vezes. Acabaram por embater contra uma árvore e pararam. Ambos tinham ficado bastante magoados e cortados. A perna esquerda da Sr.ª Smith fora esmagada e quebrada; partira ainda duas costelas.

A equipa de salvamento das montanhas encontrou-os, mas a encosta da montanha era demasiado íngreme para que a pudessem subir carregando a Sr.ª Smith na maca. Tiveram que arranjar um helicóptero. Acabou por ser içada, ficando assim a salvo. Ambos tinham sido rapidamente levados para o hospital, onde a Sr.ª Smith tinha sido operada à perna. Agora usava gesso. Os dois tinham tido de levar pontos nos seus cortes.

Jamie perguntou-lhe quantos, mas ele não sabia.

O Sr. Smith disse-lhe que andava a ter problemas com a vista (o seu olho esquerdo). Tinha batido com a cabeça, o que fez com que a retina se tivesse descolado no interior do olho. Ia fazer uma operação a laser assim que regressasse à Grã-Bretanha. A mãe de Jamie estava bastante abalada, por isso ia ficar internada no hospital em França por mais uma ou duas semanas. Depois, iriam ambos de avião para casa.

Jamie sentiu-se aliviado por as coisas não terem sido piores; mas não conseguia deixar de pensar no que *poderia* ter acontecido. Parecia que eles tinham escapado por sorte.

53

27 de Junho

Miss Crowe e Matron contaram as novidades a toda a gente. Penso que as suas intenções eram boas; queriam que todos fossem simpáticos comigo, o que tem acontecido. Mas quem me dera que não o tivessem feito.

Emily tem-se portado bem em relação a tudo isto. Eu estava meio à espera que ela me começasse a provocar, dizendo que eu tinha muita sorte que os helicópteros de salvamento tivessem sido inventados, assim como as máquinas de raio-X, usadas para descobrir quais os ossos que tinham sido partidos; insistindo que devíamos estar gratos à ciência pelos comprimidos contra as dores, pelos anti-sépticos que impedem que os cortes gangrenem e pelas operações a laser, já para não falar no telefone, que me permitiu ficar a saber o que acontecera. A boa velha ciência e isso tudo! Mas, se ela teve esses pensamentos, guardou-os para si, pelo que eu lhe estava agradecido.

Não consegui perceber bem qual a causa de tudo. O Pai diz que o volante se soltou. Nunca ouvi falar numa coisa dessas. Não era um carro velho, já gasto; o Pai diz que era um carro alugado novinho em folha.

Emily não ficou surpreendida. Diz que isso agora acontece a toda a hora. Quase todos os carros novos são mandados regressar pelos fabricantes por terem defeitos ao nível da concepção ou do fabrico. Calculo que tenha sido uma sorte que o helicóptero se tenha mantido no ar!

Desde o acidente tenho tido pesadelos horríveis. Já cheguei ao ponto de ter tanto medo que quase não consigo dormir. Tenho dois tipos de sonhos:

O primeiro tem tudo a ver com o acidente. Eu estou no local do acontecimento. A Mãe está amarrada a uma maca e eu estou a tentar puxá-la pela encosta até à estrada, lá em cima. Mas a encosta é demasiado íngreme.

— Onde está o helicóptero? – não paro de gritar esta frase.

Ouço uma voz. Não consigo perceber donde vem; parece estar a toda a minha volta.

— Helicóptero? O que é um helicóptero? – pergunta a voz, desatando a rir. É a voz do Dr. Dyer.

Não sei bem como, a cena muda (tal como acontece nos sonhos). Agora estou no hospital. Os médicos e enfermeiros estão reunidos à volta de uma cama. É a cama da minha mãe. Ordenam-lhe que se levante e caminhe. Quanto mais ela se queixa que não consegue fazê-lo, mais eles insistem que ela deveria tentar.

— Ela não consegue andar – digo eu a chorar. — Partiu a perna. Olhem para os raios-X e vão ver.

— Raios-X? – a voz do Dr. Dyer surge de novo. — Raios--X? O que é isso? Já alguém ouviu falar em raios-X?

Mais gargalhadas, como se fosse tudo uma anedota.

A Mãe está a gemer; obviamente, tem muitas dores. Eu imploro aos enfermeiros que lhe dêem comprimidos para as dores. Mas eles não fazem ideia do que estou a falar.

— Ela vai mesmo ter de aguentar o melhor que conseguir, como toda a gente – diz uma delas. Não quer saber da Mãe para nada.

O Pai está na cama ao lado. A sua face está coberta de cortes. Tem larvas e insectos a arrastarem-se a toda a volta dos cortes. Mais uma vez, os enfermeiros nada fazem em relação a isso. Parecem achar que tudo isto é normal.

Este é um dos sonhos. O outro tem tudo a ver com a escola. Estou no jardim dos delegados. Eu e os outros delegados fazemos um círculo à volta da Pedra Sacrificial. Estendida sobre a pedra está uma rapariga, cujo pescoço se encontra exactamente sobre a fenda por onde o sangue escorre. O Dr. Dyer está de pé junto a ela com uma faca na mão erguida! Está a falar em voz alta. Tem qualquer coisa a ver com a pedra ter vindo de outro mundo, mundo este cujas leis da natureza são diferentes das deste aqui. Veio do espaço, onde a ciência do senso comum reina soberana.

Os delegados entoam repetidamente um cântico: «Sacrifica a verdade; sacrifica a verdade...»

Olho para a rapariga que está em cima da pedra. Vejo agora que é Emily!

— «Sacrifica... sacrifica...»; o cântico continua. Henry Fox olha para mim como se eu devesse juntar-me a eles. Mas não consigo fazê-lo.

A seguir, estou no dormitório. Estou sozinho, a olhar pela janela. Em baixo, em frente ao pórtico da entrada, consigo ver todos os alunos e funcionários em fila, a tirar uma fotografia. De repente, tomo consciência: o fantasma à janela (aquele da fotografia), sou eu!

Tenho ouvido dizer que os sonhos dizem coisas sobre as pessoas que os sonham e sobre o futuro. Não acredito nisso. Os meus sonhos são demasiado malucos para tal. São simplesmente parvos. Quem me dera que desaparecessem.

54

Jamie precisava estar sozinho para pensar nas coisas. Por isso, dirigiu-se ao Octógono; mas, mal se sentou, apareceu Emily.

— Calculei que fosses tu – disse ela. — Espero que não te importes que te tenha seguido.

Perguntou pelos seus pais. Ele contou-lhe que estavam a melhorar bastante. Iriam de avião para casa na semana seguinte. Juntar-se-ia-lhes depois por alguns dias; Miss Crowe tinha dito que estava bem.

— Isso é bom – disse Emily. — Vão ficar muito contentes por te verem.

Fez-se uma pequena pausa, antes que ela acrescentasse:

— Queres ouvir o que tenho andado a fazer?

— Pode ser. Tens andado a bisbilhotar de novo, não tens? – perguntou Jamie com um sorriso.

— Por acaso, sim... – Parou. Parecia embaraçada. — Não. Desculpa. Esquece. Não devia estar para aqui a falar de mim. Não numa altura destas...

— Não, não; continua – disse Jamie, interessado.

— Bem... – respondeu ela. — Voltei ao gabinete do Director.

— Tu o quê?! Deves ser doida! – exclamou ele. — Outro corte de electricidade, não?

– Não, não. Desta vez foi durante o exercício de incêndio.

— Exercício de incêndio?

— Sim. Toda a gente fora do edifício, incluindo o Director e os professores. Que melhor ocasião? Tinha o sítio por minha conta.

Jamie não podia deixar de admirar o seu sangue-frio.

— Então, descobriste alguma coisa? – inquiriu ele, com a sua curiosidade estimulada.

— Podes crer. Estava tudo no computador dele. Tinha-o deixado ligado; não precisei da palavra-passe, nem nada do género. Calculo que ele fosse voltar logo após o exercício.

— E então? – inquiriu Jamie com impaciência. — O que é que descobriste?

— Estou a *contar-te*! – disse ela. — Para começar, não pude deixar de ver o que estava no ecrã. Era um exame do Euro Laureado.

— Não o *leste*, pois não? Estás metida num sarilho dos grandes se fores apanhada a espreitar um exame.

— Era apenas *parte* de um exame – disse ela.

— Apenas parte? Não usaste o rato para andar com o texto para baixo e ver o resto? É isso? Suponho que isso já é alguma coisa...

— Ah, claro que andei com o texto para baixo. Mas não havia mais nada do exame para além do que estava no ecrã. Ele tinha chegado apenas à Pergunta 3.

Emily cruzou os braços e olhou para Jamie, como que a dizer: «Vá lá. Deduz tu o que aconteceu».

Jamie vacilava.

— Estás... Estás a dizer que é o Director quem faz os exames e não um grande organismo central Europeu de Exames?

— Que outra coisa é que poderia querer dizer? – perguntou ela. — Nunca te ocorreu que era esquisito ele poder ensinar toda aquela ciência errada e, ainda assim, conseguir que os seus alunos passassem os exames (exames estes feitos por pessoas que não fazem parte da sua trama?) Eu nunca tinha conseguido resolver este problema. Agora sabemos como é que ele o faz. Tudo o que os seus alunos têm de fazer é passar os exames que *ele* escolhe fazer. Depois, recebem os certificados que *ele* imprime na sua fotocopiadora. Eu disse-te: o Certificado Euro Laureado é falso. E mais uma coisa – continuou Emily.

— Há *mais*?! – lamentou-se Jamie.

— Certamente que sim. Sabes, eu comecei a pensar. O computador do Dr. Dyer estava *ligado*. Estava *a trabalhar*. Quem é que tem, nos dias que correm, um computador que funcione? Qualquer pessoa que se tenha ligado à Internet recentemente ficou com o computador destruído pelo super-vírus, que o deixa reduzido a uma pedaço de ferro-velho. Então, como é que o computador dele ainda trabalha bem? Será que ele simplesmente não tem usado a Internet desde

que o problema começou? Não parece muito provável. Por isso, decidi arriscar. Premi no *e-mail* dele.

— Tu O QUÊ?! – gritou Jamie. — A coisa mais estúpida que podias fazer! Até eu sei que não deves fazer isso nos tempos que correm. É precisamente assim que fazes o *download* do vírus e lixas o computador!

Emily sorriu docemente.

— Mas isso não aconteceu – disse ela. — Não aconteceu nenhum *download* do vírus. Eu liguei-me ao servidor e recebi o seu *e-mail*. Não houve problema algum.

— Mas que *e-mails*? – perguntou Jamie, com uma expressão cada vez mais confusa. — Já ninguém envia *e-mails*.

— Não, a não ser que estejam envolvidos na trama: a trama do Dr. Dyer. O que a minha pequena experiência demonstrou é que os Antigos Dyerenses continuam a enviar *e-mails* uns aos outros, contentes da vida. Na realidade, agora têm o sistema inteiro por sua conta. Imprimi alguns dos mais interessantes. Aqui estão eles – disse ela, mostrando uma folha com textos impressos. — Dizem claramente que o supervírus foi produzido e enviado por três Antigos Dyerenses. Sim... aqui estão eles: Johnson, Malik e Khan. Torna ainda claro que os Antigos Dyerenses são os únicos que têm o antivírus. É por isso que o computador do Dyer e os dos seus amiguinhos se mantiveram fora do problema.

— Uau! – Jamie inspirou, mal podendo abarcar tudo isto.

— Pois é – disse Emily, com uma expressão de triunfo no seu olhar. — O Dr. Dyer é responsável pelo desaparecimento da Internet. É responsável por biliões e biliões de euros per-didos, firmas que declararam falência, centenas de milhar de pessoas que perderam os seus empregos nas indústrias de tecnologias de informação e em negócios *on-line*...

— Está bem, está bem... – cedeu Jamie. — Ganhaste. Estás certa acerca do Dr. Dyer. Vejo isso agora. O que ele está a fazer... é um crime. Mas não consigo compreender *por que é que* ele está a fazê-lo. Pareceu-me sempre sensata a ideia de abrandar o progresso da ciência. Mas *isto*! Porquê levar as coisas a este extremo? Não faz sentido.

— Não – concordou Emily. — Também não compreendo, especialmente tendo em conta que também foi em tempos um cientista.

— O Dr. Dyer? Cientista? – perguntou Jamie, com ar de descrédito. – Donde é que tiraste essa ideia?

— Estava tudo lá no computador. Reparei que havia um ficheiro no disco intitulado "IQT". Fiquei curiosa. Tentei imaginar o que é que isso lá estaria a fazer.

— IQT? – perguntou Jamie.

— Indústrias Químicas Transmundiais! – exclamou Emily. — Não me digas que nunca ouviste falar nelas. Fazem medica-mentos, detergentes e outras coisas. De qualquer forma, abri o ficheiro e adivinha lá: ele costumava trabalhar para eles como cientista de investigação.

— O Dr. Dyer trabalhava para uma firma de *química*?! O mesmo Dr. Dyer que fala nos *malefícios* da ciência?!

— Não só isso – disse Emily —, como fez também uma importante descoberta. O ficheiro continha uma carta para o patrão da companhia e explicava como a sua descoberta iria fazer com que a IQT ganhasse montes de dinheiro.

— Uma descoberta?! – exclamou Jamie. — Queres dizer que ele já foi um cientista responsável por importantes descobertas...

— ... e agora está a fazer o oposto: fez parar o progresso científico – continuou Emily.

— Mas porquê?

Emily encolheu os ombros.

— Não faço ideia. Mas era capaz de apostar que não é por causa de estar preocupado com o ambiente e todas aquelas coisas com que ele te tem enchido a cabeça. Penso que isso é só um pretexto, a forma dele esconder um outro motivo...

— Mas que motivo? – perguntou Jamie.

Emily abanou a cabeça.

— Não faço ideia.

55

Jamie fora a casa por alguns dias para ver os pais. Foi um alívio encontrá-los em tão boa forma, tendo em conta tudo por que passaram. A sua mãe era agora capaz de andar um pouco com a ajuda de muletas e o seu pai tinha já marcada a operação à vista.

Jamie pretendera contar-lhes o que ele e Emily tinham descoberto sobre o Dr. Dyer e o que os Antigos Dyerenses andavam a tramar; mas a altura certa parecia nunca chegar. Falavam sobretudo dos ferimentos dos pais, e não sobre o que se passava consigo na escola, o que era compreensível.

De regresso à Academia, soube que o Dr. Dyer deixara instruções para que fosse ter com ele a sua casa, nessa noite, para uma aula particular. Era uma forma de compensar uma aula de ciências a que tinha faltado quando estava em casa dos seus pais. À hora marcada, Jamie arrastou-se pelo caminho que ia do edifício principal até à casa do Director. O Dr. Dyer morava no que fora uma taberna e que tinha sido modernizada, mesmo junto ao portão principal da escola. Numa situação normal, Jamie teria ficado muito feliz por receber uma aula deste tipo, mas não esta noite. Ele agora sabia demais acerca do Dr. Dyer. Tocou à campainha com um peso no peito. A governanta abriu-lhe a porta e acompanhou-o até à sala de estar.

— O Director não deve demorar – disse ela. — Está só a acabar de jantar.

E, de facto, não tardou a que o Dr. Dyer aparecesse numa grande azáfama. Depois de algumas perguntas cordiais sobre os pais de Jamie, deu início à aula.

— Ora bem, enquanto estiveste fora, a turma trabalhou um pouco mais nos gases. Lembras-te que expliquei da última vez que algumas pessoas pensam que todas as partículas de gás acabam por cair ao chão? Esqueci-me de mencionar que há também quem acredite exactamente no contrário! Acreditam estes últimos que as partículas de gás se elevam no ar. Como achas que lhes ocorreu esta ideia?

Jamie encolheu os ombros.

— Vá lá, rapaz. Pensa!

O miúdo fez um esforço.

— Balões de ar quente – sugeriu. — E balões cheios de hélio.

— Muito bem. Se não os agarrares, os balões sobem no ar. E isso é o oposto do que os paus e as pedras fazem. Os paus e as pedras caem. Porquê? Porque são pesados. Então, por que é que os gases fazem o oposto? Por que é que sobem? É óbvio; têm uma propriedade oposta: a leveza. Têm gravidade negativa. Certo?

Olhou para o rapaz com um sorriso malicioso. Depois abanou a cabeça.

— Errado! É só mais uma maneira de enganar as pessoas. Alguns dos nossos antigos alunos são bem sucedidos a espalhar um tipo de ideia: o ar que fica no chão como se fosse um charco. Outros há que preferem uma alternativa: o ar que se eleva devido à gravidade negativa. Não interessa. Há montes e montes de maneiras de errarmos, mas só há uma maneira de termos as coisas certas. Nesse aspecto, temos vantagem. Desde que todos os membros do público continuem confundidos (cada um à sua maneira), estamos bem.

— Mas qual é a verdade acerca dos gases? – perguntou Jamie, interessado, quase contra a sua própria vontade. — Existe então a chamada "leveza"? – O Dr. Dyer sorriu.

— Boa pergunta. Como sabes, gosto que os membros do nosso círculo oculto saibam o que realmente se passa, para que se possam defender melhor daqueles que estão contra nós.

«A verdade é que não há "leveza" alguma. Todas as coisas possuem peso, ou *massa*. O que acontece é que algumas coisas não são tão pesadas como outras. Por exemplo, um pau de madeira não é tão pesado como o mesmo volume de água; dizemos que é menos denso. Quando colocamos um pau na água, não podemos esquecer que a gravidade não actua somente sobre o pau, mas também sobre a água que o rodeia. A água, que é mais densa, é puxada para baixo com mais força do que o pau, e assim, é ela que acaba por ficar no fundo, deixando o pau no topo. O pau flutua à tona da água, não porque possua leveza, mas porque é puxado para baixo com menos força. Da mesma forma, as partículas que compõem o gás hélio não são tão pesadas como as do ar, por isso um balão cheio de hélio é menos denso do que o ar que o rodeia e flutua mais.

— Então e os balões de ar quente? – perguntou Jamie. — Têm ar dentro e fora.

— Bem visto. O mesmo tipo de partículas dentro e fora por isso, neste caso, não se pode dizer que sejam as próprias partículas no interior que tenham menos massa. Não, o que temos de ter em mente é que as partículas de um gás quente se movem mais depressa do que as de um gás frio. Então, imagina que és a parede do balão. Estás a ser atingido por partículas de ambos os lados: colisões violentas com partículas rápidas (quentes) no interior do balão e colisões mais suaves com partículas lentas (frias) no exterior do balão, a tentar empurrar-te no sentido oposto. Para que mantenhas o equilíbrio, precisas de menos colisões violentas para contrabalançar o efeito das colisões mais suaves do exterior. Apercebes-te que há menos partículas no balão do que haveria em igual volume de ar no exterior. Por outras palavras, o gás dentro do balão é menos denso do que o ar fora do balão, não porque as partículas do gás sejam menos pesadas, mas porque há menos quantidade delas num dado volume. É por isso que o balão sobe.

O Dr. Dyer fez uma pausa e olhou fixamente para o rapaz.

— Compreendes, obviamente, que só te estou a contar isto para que possas saber o que realmente se passa. Fica só entre nós. Quanto aos outros, podes impingir-lhes um disparate qualquer; hão-de engolir qualquer porcaria que te apeteça dizer.

Jamie sentiu um leve arrepio percorrer-lhe o corpo. Seria imaginação sua, ou o Dr. Dyer tinha um lado deveras desagradável? Não se recordava de alguma vez ter ouvido o Director a falar do público num tom tão sarcástico. Teria ele mudado ou teria sido sempre assim? Jamie pensou se só agora estaria mais sensível ao que desde sempre se vinha a passar.

— Há muito a dizer em relação à ideia de "leveza" – continuou o Dr. Dyer. — Assim que essa ideia se fixa na mente, surge todo o tipo de confusões. Por exemplo, se o ar tem leveza, quanto mais ar bombeares para dentro de um pneu, mais leve ele se torna. Na verdade, como é evidente, passa-se exactamente o contrário: as partículas de ar têm massa, por isso, quanto mais partículas de ar houver num pneu, mais pesado ele deve ser.

«Outra coisa: temos falado sobre como as partículas de gás andam de um lado para o outro dentro do balão e embatem contra as paredes do recipiente: as paredes de um pneu, por exemplo. Estas colisões exercem uma força nas paredes, mantendo o pneu inflado. Chamamos à força existente numa determinada área da parede a *pressão* do gás.

«Ora, podes divertir-te imenso com a pressão. Em dias quentes, a pressão dos pneus é mais alta do que em dias frios. E o que é que isto significa? Que há mais ar no pneu?

Olhou severamente para o seu aluno.

— De acordo?

Jamie abanou negativamente a cabeça.

— Segundo a lei da conservação da massa, isso não é permitido. Não se pode obter algo a partir do nada.

— Muito bem – disse o Director. — Novamente, a temida lei da conservação da massa. Portanto, não há coisas adicionais no pneu. Então, por que subirá a pressão num dia quente?

— As partículas movem-se mais rapidamente e batem contra as paredes com mais forca? – perguntou o rapaz.

O Dr. Dyer acenou com a cabeça.

— É isso mesmo. E, por falar em pneus, aqui vai mais uma ideia. Quando utilizas uma bomba de bicicleta, digamos que primes o êmbolo da bomba mais ou menos até meio. O que quer isso dizer? Terás agora somente metade do ar que tinhas antes?

Jamie pensou por um momento.

— Depende.

— Depende do quê?

— Depende se a pressão é suficiente para abrir a válvula no pneu e deixar entrar algum ar.

— Suponhamos que a válvula ainda não está aberta – disse o Director.

— Nesse caso, nenhum ar entrou para o pneu e devemos ainda continuar a ter a mesma quantidade de ar na bomba. É, mais uma vez, a conservação da massa.

— Certamente que sim – concordou o Dr. Dyer. — Reduzimos para metade o *volume* ocupado pelo ar, mas não a *quantidade* de ar no pneu. Está apenas mais comprimido agora. Se pensarmos nisso, é bastante óbvio; mas ficarias espantado com a facilidade com que se pode enganar as pessoas em relação a este assunto.

«Mais uma coisa sobre gases em recipientes: eles exercem a mesma pressão em todas as direcções. Quando pensas numa bomba de bicicleta, e estás a tentar encher um pneu empurrando o êmbolo para dentro, é fácil de imaginar que o ar está só a exercer pressão na ponta do êmbolo. Não é verdade; está a pressionar com igual intensidade nos lados da bomba. As partículas de ar embatem tanto contra as paredes da bomba quanto contra a superfície do êmbolo.

O Director olhou de soslaio para o relógio na laje da lareira.

— Já deves estar a ficar cansado, com a viagem que fizeste hoje...

De repente, o telefone tocou. O Director atendeu. Pouco depois, franzia as sobrancelhas.

— Francamente! – exclamou, exaltado. — Não, não, fica onde estás. Vou imediatamente para aí.

Enquanto desligava o telefone, virou-se para Jamie.

— Peço desculpa por isto. Apanharam uns rapazes a fumar na casa-de-banho. Tenho que ir até à escola por um momento.

Começou a dirigir-se para a porta, mas parou.

— Há outro assunto que tenho que discutir contigo urgentemente. Importas-te de esperar até eu voltar? Não devo demorar muito.

Demorou cerca de vinte minutos.

Quando voltou, entrou no escritório. Olhou à sua volta com uma expressão mal-humorada.

— Bolas! O rapaz foi-se embora. Pedi-lhe expressamente para ficar.

— Não, não fui, Professor – disse Jamie, descendo rapidamente as escadas. — Desculpe, mas tive de ir à casa-de-banho. A governanta disse-me para usar a do andar de cima.

— Oh, está bem. Vem e senta-te aqui novamente. Sim, havia outra coisa que queria dizer-te. É sobre o Dia do Discurso, na próxima sexta-feira. Este ano vai ser um acontecimento muito especial. Vai dar na televisão!

— Na televisão! – repetiu Jamie, espantado. — O Dia de Discurso da nossa escola? Para quê?

O Director riu-se.

— Ah, não devias estar tão surpreendido – disse ele. — Afinal, quem pensas tu que dirige a estação de televisão? – Acrescentou ele, com um piscar de olhos conhecedor.

— O senhor? – perguntou Jamie.

— Não propriamente. Não, não pessoalmente. Mas sim Antigos Dyerenses. Juntos controlam a maior parte dos canais de televisão e estações de rádio. De qualquer maneira, há já algum tempo que andamos a pensar que seria bom termos um pouquinho de publicidade gratuita para a Academia: falar às pessoas sobre os nossos métodos de ensino; quão bom é o nosso ensino de ciências; como os alunos gostam verdadeiramente das suas aulas de ciências, este tipo de coisas. Tu és um dos nossos alunos do primeiro ano mais inteligentes e dotados. O que poderia ser mais apelativo do que ter um jovem como tu diante das câmaras a dizer a todos como a Academia é uma escola fabulosa...

— Eu! – exclamou Jamie. — Eu, a discursar na televisão?! Não conseguiria. Não, Professor. Definitivamente, não. Por favor. Eu não conseguiria mesmo. Teria demasiado medo.

— Não conseguirias? O que queres dizer com isso? Claro que conseguirias. Não tem de ser um discurso longo. Só dois ou três minutos. Não mais que isso. Conta-lhes como és feliz aqui, como gostas de ciências e como as achas fáceis de aprender, o quão importante é usar a ciência de forma responsável, com cuidados para com o ambiente, esse género de coisas. Já falámos disto muitas vezes. Portanto, está decidido. Vou pôr-te no fim, logo a seguir à entrega do prémio.

56

— *Tu*? A bisbilhotar? - exclamou Emily, divertida. — Estou para ver!

— Goza, se quiseres - respondeu Jamie, olhando friamente através das janelas do Octógono. — Não és a única a poder fazer um bocado de espionagem.

Emily esperou.

— Continua - exigiu ela, impacientemente. — O que é que fizeste?

— Bem, tal como te contei: ele foi chamado. Estavam uns rapazes a fumar na casa-de-banho. Teve de ir dar-lhes um ralhete. Disse que não demorava. Bom, mal ele disse que tinha de se ausentar, senti logo necessidade de ir à casa-de-banho. Fui até à cozinha e pedi à governanta, que me mandou para o andar de cima. Encontrei-a facilmente. Mas depois, no caminho de volta, reparei que a porta do quarto ao cimo das escadas estava aberta. Estava curioso, por isso enfiei lá a cabeça. Era o gabinete dele: secretária, computador, fotocopiadora, montes de prateleiras com livros. Decidi dar uma rápida vista de olhos pelo local. Pensei: nunca se sabe, pode ser que encontre alguma coisa interessante.

— És louco! - declarou Emily, denunciando um tom de admiração na voz. — E se ele tivesse regressado e te tivesse apanhado?

— Impossível. A janela do gabinete dá para a estrada que leva ao edifício principal. Calculei que conseguiria vê--lo assim que começasse o caminho de volta. Podia depois descer as escadas a correr antes que ele regressasse.

— E descobriste alguma coisa?

Jamie sorriu.

— Ah, sim! Descobri algo: uma caixa de arquivo denomi-nada "IQT". Lembrei-me do que tinhas dito acerca dele ter trabalhado para a IQT. Por isso, tirei a caixa e abri-a. A maio-ria dos papéis eram cópias de cartas que ele tinha mandado ao chefe a queixar-se pelo facto de não ter sido promovido. Ele achava que deveria ser promovido e receber um bom aumento por causa da descoberta que fizera. As outras cartas eram do seu chefe dizendo que era cedo demais para que ele fosse aumentado; precisavam de mais tempo para confirmar os resultados do seu trabalho. A princípio, não pude deixar de sentir pena dele. O chefe parecia mesmo estar a empatar tempo para tentar usar o trabalho do Dyer, sem ter de dar-   -lhe o crédito que ele merecia. Mas, depois, encontrei o relatório.

— Que relatório? – inquiriu Emily.

— Um relatório grosso, no fundo da caixa. Tinha uma carta anexa à capa. – Procurou no seu saco e tirou de lá uma folha de papel. — Aqui está.

— O quê! – gritou Emily. — Eu não acredito! Roubaste--lhe uma carta pessoal?!

— Olha quem fala. Quem roubou os certificados de Euro Laureado?

Ela corou um pouco.

— Não, por acaso, não o fiz – continuou ele. — Tirei uma fotocópia. Pus o original no seu lugar. Está tudo bem. Ele nunca irá descobrir.

Entregou-lhe a fotocópia. Ela abriu-a e leu-a.

INDÚSTRIAS QUÍMICAS TRANSMUNDIAIS

7 de Março de 1981

Caro Sr. Dyer,

Irá encontrar em anexo uma cópia do relatório confidencial da Comissão de Inquérito Interna, criada para avaliar os pedidos que tem vindo a fazer em relação ao processo X52/HP.

Como poderá constatar no sumário, a Comissão de Inquérito concluiu que uma minuciosa análise estatística dos resultados por si apresentados revela, sem margem para dúvidas, que as leituras que reclama ter feito não podem, de forma alguma, ser genuínas. Somos forçados a concluir que os dados sobre os quais os seus pedidos se baseiam são intei-ramente forjados e falsos. Tamanho logro é completamente imperdoável.

Assim sendo, considere-se imediatamente demitido.

Dada a grave natureza da sua ofensa, compreenderá que recusamos dar-lhe referências. No caso de sermos abordados por eventuais entidades empregadoras no futuro, não nos será deixada alternativa senão explicar as circunstâncias em que foi demitido das IQT.

Atenciosamente
J. D. Frankenheimer
Administrador Geral, IQT

Emily arregalou os olhos e deixou escapar um leve assobio.

— Mas isto significa...

— Exactamente – concordou Jamie. — O Dr. Dyer fabricou os resultados e foi descoberto. A sua famosa "descoberta" era apenas uma fraude. Foi despedido vergonhosamente.

— E, desde então, tem andado a vingar-se dos cientistas e a lixar o mundo. Esse tem sido o seu propósito durante todo este tempo; o seu *verdadeiro* propósito: vingança. Puro despeito maldoso.

Ficaram ali sentados em silêncio durante algum tempo. Olharam através das janelas, à medida que o Sol mergulhava por detrás das árvores ao longe, e as sombras se alongavam ao longo do relvado.

Por fim, Emily perguntou:

— O que é que vais fazer, Jamie?

Ele suspirou.

— Eu sei o que devia fazer. Agora se tenho coragem...

57

9 de Julho

Amanhã é o Grande Dia! A ideia de ter que fazer um discurso em frente a toda a escola – e pais e câmaras de televisão – faz-me pele de galinha. Quem me dera que já tivesse tudo acabado. Posso até morrer de medo. Esse tipo de coisas acontece mesmo. Vou morrer ali mesmo, no palco, em frente a toda a gente – e na televisão. Ou, então, o meu cabelo pode ficar todo branco de repente. Ou ambas as coisas: primeiro o cabelo e depois a morte.

Ainda não tenho a certeza do que vou dizer. Já escrevi e reescrevi o texto uma dúzia de vezes. Tenho duas versões. Uma é a que o Dr. Dyer espera que eu diga. A outra? Acho que é a que Emily diria. Mas eu não tenho a coragem dela. É melhor esquecer. Está decidido: vou rasgar a segunda versão. Tudo por uma vida tranquila.

A Mãe e o Pai não vão estar lá. Eles queriam vir. Mas as pessoas do hospital não acharam boa ideia. Por isso, vão ver tudo na televisão. Por um lado, tenho pena, mas por outro, não.

58

Dia do Discurso. É sempre o ponto alto do calendário da Academia. Mas este ano, à medida que as carrinhas da televisão chegavam e estacionavam no recreio, e as equipas tiravam as suas câmaras e montavam uma gigantesca antena, o entusiasmo das crianças não tinha limites. Não havia maneira de acalmar os mais novos; as aulas da manhã foram uma completa perda de tempo.

Jamie não tomou o pequeno-almoço. Mais tarde, não almoçou. Isto não era nada dele; mas ele não conseguia evitá-lo. A sua barriga andava num turbilhão. Este era, de certeza, o pior dia da sua vida. Emily viu como ele estava desgostoso e tentou animá-lo, mas ele estava inconsolável. A ideia do que se iria passar à tarde, deixava-o paralisadas de medo.

Eram quase duas da tarde. O Salão estava apinhado de gente.

Numa das carrinhas no exterior, o produtor televisivo estava sentado aos seus comandos, com os auscultadores postos. Comentou de forma casual com a assistente de produção:

— Então, que tal é estar de volta?

— Não mudou grande coisa – respondeu ela, com um sorriso.

— Pois não. É bom rever o pessoal. Não pensei que me

reconhecessem depois de todo este tempo – disse ele, olhando para cima para o relógio.

— Bem, todos vocês. Dez segundos – disse ele. — Câmara a postos... Aqui vou eu, Câmara 1... três... dois... um..., entra o organista.

No Salão, o órgão arrancou com uma marcha lenta. O público levantou-se. Os funcionários, com os seus largos trajes académicos, foram solenemente fazendo fila, seguidos pela Presidente da Câmara de Buckby, elegantemente vestida de acordo com o rigor da sua profissão, depois o Director, sorrindo e acenando aos pais à medida que ia passando. E no final do desfile, caminhava trémula a frágil figura de Lorde Swanley, o Presidente dos Preceptores. Ao chegarem ao palco, tomaram os seus lugares, dando assim o sinal para que toda a gente se sentasse.

Lorde Swanley levantou-se e deu início aos trabalhos, começando por dar as boas vindas a toda a gente. Seguidamente, convidou o Dr. Dyer a pronunciar-se sobre o que se tinha passado no ano transacto.

Escusado será dizer que foi um relato pomposo, repleto de feitos maravilhosos: o sucesso nos exames nunca tinha sido maior, o número de alunos não cessava de aumentar, novos edifícios estavam a ser planeados e, em especial, a abordagem única da Academia no que se referia às ciências era cada vez mais admirada em todo o mundo. E assim prosseguiu. Tudo isto foi sendo dito directamente para a câmara, sem que praticamente recorresse aos seus apontamentos. Todo ele brilhava e rebrilhava. Foi uma apresentação extremamente rebuscada e confiante – o resultado de horas de treino com Antigos Dyerenses experientes em apresentações televisivas.

O produtor que estava na carrinha esboçou um sorriso e murmurou:

— Temos que dar o braço a torcer. O Velho Mentiroso está em plena forma hoje. Nunca lhe escapa um truque, pois não?

Por todo o país, os pais tomavam mentalmente nota de que a Academia do Dr. Dyer era claramente *o* local para onde deveriam enviar os filhos. Entretanto, sentado na primeira fila da assistência, Jamie enterrava-se cada vez mais na sua cadeira; e Lorde Swanley dormitava, como habitualmente.

A seguir, foi a vez da entrega dos prémios e a apresentação dos Certificados Euro Laureado aos seniores. Miss Crowe lia em voz alta os nomes dos vencedores. Aproximavam-se pela frente, um por um, para apertar a mão ao Director, de forma monótona. Cada um deles recebia do público um caloroso aplauso. Julie Simpkins provocou a risota quando se inclinou para receber a Taça de Casa, em nome da Casa Stevenson. Segurou-a bem alto como se se tratasse de uma troféu de futebol. Os alunos manifestaram bem alto o seu agrado – os da Casa Stevenson; os restantes assobiaram e vaiaram.

O Dr. Dyer permitiu que esta euforia se manifestasse durante algum tempo. (Pareceu-lhe que não seria mau que os espectadores vissem os estudantes a divertirem-se). Quando sentiu que era chegada a hora, ergueu a mão, restituindo a ordem com rapidez e perícia.

— Chegámos agora à parte final da nossa cerimónia – disse ele. — Há muito que penso que me alongo nestas ocasiões. Nunca podemos esquecer que os membros mais importantes da nossa escola não são os funcionários, nem mesmo os Prefeitos – disse com uma risada abafada, voltando-se para encarar o Presidente. Não precisava ter-se preocupado; Lorde Swanley dormia ferrado.

«Não – continuou ele — os membros mais importantes da escola são os *alunos*. Os alunos são o verdadeiro sangue vital da Academia. O futuro é deles. São eles que têm visão; são eles os detentores de ideais que ainda não foram maculados pelo mundo; é o que *eles* pensam que interessa. Por este motivo, decidi este ano deixar as palavras finais a um dos nossos alunos. E mais, a um dos nossos mais jovens alunos. Peço a Jamie Smith que se aproxime.

A assistência bateu palmas educadamente à medida que Jamie subia os degraus que levavam ao palco. Ao aproximar-se do microfone, puxou dos seus apontamentos. Os aplausos cessaram, excepto os de uma pessoa, que aplaudiu mais alto e por mais tempo que todos os outros. Era Emily, que estava sentada na segunda fila.

— Senhoras e Senhores... – começou, nervosamente.

Mas teve de parar de imediato. O técnico de som da televisão apressara-se a chegar à frente. Ele baixou o microfone, que estava ao nível da testa de Jamie.

— Está bem. Assim deve estar melhor – sussurrou-lhe. — Mas fala alto.

Depois do homem se ter afastado, Jamie tentou de novo:

— SENHORAS E SENHORES...

Desta vez, a sua voz soou tão alto à volta do Salão que o sistema de altifalantes produziu um ruído horrível. Algumas das crianças taparam os ouvidos e camuflaram risos.

— Peço desculpa. – murmurou Jamie. Na vez seguinte, acertou com o volume do som. Começou a ler o seu discurso preparado.

— É uma grande honra para mim falar-vos hoje acerca da nossa escola. Como sabem, ela é muito famosa pelo seu ensino na área das ciências. As ciências são a minha disciplina favorita. Mas é muito importante que usemos as ciências de forma sensata. A ciência pode dar-nos coisas boas, como medicamentos; mas muitas vezes... – fez uma pausa. — Huum... Mas, muitas vezes, ela faz coisas más... como causar poluição e danos por radiação. O que eu gosto nas nossas aulas de ciências é que nós somos ensinados...hum... – mais uma vez, atrapalhou-se — aprendemos como é importante usar a ciência de forma inteligente... hum... com inteligência, para o bem de todos. Não podemos ser gananciosos e esgotar todos os recursos mundiais de petróleo e carvão...sim, hum... carvão e... e gás. Temos de preservar as florestas tropicais. Outra coisa que eu gosto nas nossa aulas de ciências é que elas são tornadas fáceis... hum... são tornadas mesmo fáceis...

Por esta altura, Jamie estava à beira das lágrimas. Estava a fazer uma enorme trapalhada. Simplesmente, não estava a conseguir ler em condições. Mal conseguia ver os apontamentos que estava a segurar, de tanto que as mãos lhe tremiam. Conseguia ouvir a assistência a ficar agitada. Os mais novos moviam-se inquietos. Os seniores tinham começado a falar entre eles. E ele mal tinha *começado* o discurso; ainda lhe faltavam quatro páginas. Tirou os olhos dos seus apontamentos para olhar de relance para o público – em vão. Os seus olhos encontraram os de Emily. Ela retribuiu-lhe o olhar. O olhar dela era de profunda desilusão. Ele sabia porquê. Não era por causa das hesitações e atrapalhações; ela conseguia compreender que ele não conseguisse evitá-lo. Não, no seu coração, sabia que ela estava desapontada devido ao que ele optara por dizer – ou, mais propriamente, ao que optara por não dizer.

Deixou-se ficar ali, estático e em silêncio – como um coelho assustado, apanhado pelos faróis de um carro. Miss Crowe, agitada, debruçou-se sobre o Dr. Dyer e perguntou:

— É tudo? O miúdo terminou?

O Director encolheu os ombros.

Entretanto, Lorde Swanley acordou:

— Aham. Sim. Na verdade, estava a concentrar-me – Olhou em torno de si, confuso. — Hã ...Ah...jáá terminou?

Antes que o Director conseguisse responder, Jamie retomou o seu discurso.

— Como eu estava a dizer. É importante usar a ciência com sabedoria – Falava agora sem os apontamentos. — Há quem acredite que o progresso das ciências é demasiado rápido; que não conseguimos acompanhar os seus desenvolvimentos. Acham que nós precisamos de tempo para pensar acerca das consequências daquilo que estamos a fazer. Essas pessoas acham que seria uma boa ideia poder abrandar-se um pouco o progresso. Era esta a ideia por trás do ensino errado das ciências que nos é dado pela Academia.

Um riso nervoso de embaraço percorreu o Salão. A assistência julgara que ele se tinha enganado ao dizer "errado". Mas Jamie prosseguiu, com confiança e determinação crescentes.

— É isso mesmo. Eu disse ciências *erradas*. Com as nossas cabeças cheias de ciência errada, nós nunca seríamos capazes de sair daqui e tornarmo-nos cientistas. Não só isso, como também enviando Antigos Dyerenses para espalharem ideias erradas sobre a ciência (através dos meios de comunicação social e nas conversas do quotidiano), outras pessoas ficariam confusas relativamente às ciências e achá-las-iam difíceis.

«Os alunos não conseguiriam apreender o sentido da verdadeira ciência, uma vez que as suas mentes estariam já preenchidas com ideias erradas. Dessa forma, viriam a decidir que não tinham sido talhados para se tornar cientistas.

Por esta altura, o burburinho no público acalmara. Todos os olhos estavam fixos em Jamie. Emily estava inclinada para a frente, olhando expectante. O Director estava alarmado; mal conseguia acreditar no que ouvia. Até Lorde Swanley estava com atenção.

— Foi assim que há alguns anos a ciência começou a entrar em declínio, não apenas neste país, mas em todo o mundo. Não terá escapado à vossa atenção que a maioria daqueles que receberam o Euro Laureado esta tarde são estrangeiros. Eles estão prestes a juntar-se aos Antigos Dyerenses por todo o mundo, para contribuírem para o abrandamento da ciência.

— Já chega dessa conversa! – declarou o Dr. Dyer, de um salto. — O rapaz perdeu o juízo.

A assistência estava estupefacta. O Director olhou em torno de si, recuperou rapidamente a sua compostura e prosseguiu, sorrindo na direcção da câmara televisiva.

— O que quero dizer é que foi uma decisão pouco sensata da minha parte colocar tal responsabilidade nos ombros de alguém tão jovem. Devia ter-me apercebido que a ocasião era susceptível de se revelar acima das suas capacidades. Lamento imenso. O erro foi inteiramente meu. – Voltando-se para o rapaz, acrescentou num tom gentil. — Muito bem, Jamie. É tudo. Agora podes regressar ao teu lugar.

A atmosfera no Salão relaxou um pouco. O Dr. Dyer deu a indicação que Jamie devia ser aplaudido. Uma ou duas pessoas começaram a aplaudir. Jamie estava dividido em relação ao que fazer. Viu Emily a abanar vigorosamente a cabeça e a olhar para ele. Estava claramente a incentivá-lo a ficar. Por isso, ele continuou.

— Se não se importa... hã, senhor Director... eu ainda não terminei. Eu estava prestes a indicar aos alunos mais velhos que aquelas habilitações de Euro Laureado que acabaram de receber nada valem. Sabem – disse ele para o público —, o Director faz ele próprio os exames, imprimindo depois os seus próprios certificados.

— BASTA! – vociferou o Dr. Dyer. — Não ouviremos mais disparates destes. Fox! – ordenou ele ao Delegado Principal. — Leva daqui o Smith imediatamente!

Mas antes que Fox conseguisse chegar ao palco, Lorde Swanley interveio:

— Vamos com calma. Vamos com calma. Eu gostava de ouvir aquilo que o rapaz tem para dizer – acenou ao Fox para que se afastasse e indicou ao Director que se mantivesse sentado no seu lugar. — Estas acusações que o rapaz está a fazer são graves. Nem me passa pela cabeça que haja qualquer ponta de verdade nelas; no entanto, precisamos de esclarecer a questão de uma vez por todas, *aqui em público* – disse ele, acenando na direcção de uma das câmaras televisivas. — Não podemos deixar que estes rumores se espalhem *impunemente*. Então, rapaz – disse ele, voltando-se de novo para Jamie —, estas acusações que estás a fazer são graves. Tens alguma prova disto?

— Eu, não – respondeu ele.

Lorde Swanley e o Director relaxaram um pouco.

— Mas ali a Emily Straight tem – continuou.

Ele procedeu à descrição de como Emily tinha descoberto os certificados a serem fotocopiados e a folha do exame a ser preparada no computador do Director. O Dr. Dyer voltou-se para Miss Crowe e murmurou entre dentes:

— Eu sempre disse que aquela rapariga, a Straight, só causava problemas.

— Humm – murmurou Lorde Swanley. — Interessante. Aquela outra questão que colocaste. Receio que a minha audição já não seja o que era, mas pareceu-me ter-te ouvido sugerir que a nossa escola tinha alguma dose de culpa na recessão económica global – Olhou em volta, achando a ideia divertida.

— É isso – declarou Jamie. — Foi exactamente isso que eu disse.

Lorde Swanley franziu o sobrolho.

— Mas não compreendo. Porquê fazer uma alegação

tão descabida? Em que é que te podes estar a basear?

— Bom, nós temos de facto provas de que foram Antigos Dyerenses que destruíram a Internet.

Procedeu à descrição das descobertas feitas pela Emily e de como ela tinha em sua posse *e-mails* trocados entre Antigos Dyerenses, que eram provas contra eles.

— Isto é vergonhoso! – vociferou um homem na assistência, saltando do seu lugar. — A minha mulher e a minha família perderam a nossa casa. Eu fui dado como falido, tudo porque o meu negócio falhou quando a Internet entrou em descalabro. Agora descubro que é tudo culpa sua – queixou-se ele, abanando o punho na direcção do Dr. Dyer.

— Eu posso explicar. Eu posso explicar – respondeu o Dr. Dyer, esforçando-se por exibir uma expressão corajosa. Mas as suas observações eram afogadas à medida que cada vez mais pessoas na assistência se levantavam, reclamando que também elas tinham sido arruinadas. Uma ou duas tiveram que ser impedidas fisicamente; de outra forma, ter-se-iam dirigido à plataforma, procurando chegar até ao Director.

Demorou algum tempo até que a ordem fosse reposta. Lorde Swanley ergueu ambas as mãos e gritou:

— Por favor, por favor. Senhoras e senhores. Eu percebo como se sentem. Eu próprio sofri grandes perdas quando se deu a queda da Bolsa de Valores. Todos estamos a atravessar tempos difíceis. Mas temos de ser justos. Ouvimos o rapaz. Temos agora que ouvir o que o Dr. Dyer tem a dizer. Porque todos sabemos que ele pode ter uma explicação perfeitamente simples para tudo isto. Enquanto se sentava, murmurou ferozmente para o Dr. Dyer – É melhor que tenha!

O Dr. Dyer levantou-se e começou:

— Antes de mais, a ideia de abrandar o progresso da ciência. Admito que era minha intenção ajudar a que abrandasse...

Murmúrios de ira varreram o Salão.

— Mas apenas um pouco – acrescentou apressadamente. — Apenas um pouco, de modo a dar-nos espaço de manobra para nos adaptarmos às mudanças trazidas pelo progresso científico e tecnológico. Este abrandamento pretendia ser apenas uma medida temporária. E, repito, o abrandamento devia ser apenas ligeiro. Eu vi-o simplesmente como um pequeno aspecto do movimento ecologista. Tenho a certeza de que muitos de vós fizeram campanha pelo movimento ecologista.

«O que nego completamente – continuou, empolgando-se e apertando firmemente as lapelas do seu casaco. —... o que nego completamente, com toda a minha convicção, é que eu seja, de alguma forma, responsável pela situação global. A quase completa destruição da ciência e da tecnologia, que temos testemunhado nos últimos anos, a qual todos lamentamos, garanto-vos, não é feito meu. Repito: não é feito meu.

Fez uma pausa propositada, sondando o público.

— Ainda que me fosse fisicamente possível tê-lo feito – concluiu — por que teria eu feito tal coisa? *Porquê?* Onde está o motivo? Sempre julguei que, para se encontrar um criminoso, tem que se descobrir um motivo.

Ao sentar-se, cruzou os braços e analisou triunfalmente a assitência silenciada.

— Mas o senhor Director tinha um motivo – afirmou calmamente Jamie.

A atmosfera no Salão ficou eléctrica. O Director ficou tenso.

— Continua – incentivou-o Lorde Swanley. — Um motivo, dizias tu?

— Sim – retorquiu o rapaz. — Não há muitas pessoas que saibam que o Dr. Dyer foi cientista, antes de ter decidido montar a Academia.

— E o que tem isso? – riu-se o Dr. Dyer. — Sim. Eu era um cientista, um cientista profissional, e com orgulho disso. Eu amava a ciência; a ciência era a minha vida. Eu continuo a amar a ciência. O que prova o meu ponto de vista. Eu não tinha motivo. Por que teria eu prejudicado a minha própria profissão? – Dito isto, voltou a recostar-se no seu lugar.

— Ele trabalhava nas Indústrias Químicas Transmundiais – prosseguiu Jamie —, onde alegou ter descoberto um novo e importante processo químico, processo esse que renderia uma fortuna à empresa...

— E renderia – murmurou o Dr. Dyer firmemente.

— Ele julgou que, dada a importância da sua descoberta, merecia um aumento no salário... – disse Jamie.

— Eu bem merecia um aumento de salário, e um carro da empresa, e uma promoção a cientista-principal. – O Dr. Dyer estava cada vez mais agitado.

— Mas os seus chefes precisavam de tempo para verificar os resultados...

— Ladrões! Todos eles. Eu sabia o que eles estavam a preparar. Eles queriam roubar-me o processo e ficar com ele para eles. Tentaram fintar-me, foi o que foi – deixou escapar ferozmente o Director, para que todos ouvissem.

— Nunca lhe deram o aumento, nem o promoveram...

— É bem verdade que nunca o fizeram. Uma cilada. Deviam estar todos preocupados – declarou o Dr. Dyer.

— O Dr. Dyer acabou por ser despedido – afirmou Jamie.

— Isso é MENTIRA! – vociferou o Director, saltando do seu lugar. — Uma enorme mentira. Não acreditem numa palavra do que ele está a dizer. Eu *demiti-me*, perceberam? Não fui despedido: DEMITI-ME. Por que raio haveria alguém de querer despedir o seu melhor investigador científico, aquele que tinha feito a mais importante descoberta química do século?

Lorde Swanley interveio:

— Rapaz, estás novamente a fazer acusações graves. É melhor que consigas fundamentar aquilo que estás a dizer, ou estarás metido em grandes sarilhos.

— Ah, posso prová-lo muito bem – retorquiu Jamie. Tirou uma folha de papel do bolso interior do seu casaco. — Tenho aqui uma cópia da carta que foi enviada ao Dr. Dyer pela IQT, com data de 7 de Março de 1991...

— Como raio é que conseguiste isso? – perguntou o Dr. Dyer, chocado.

Jamie ignorou-o e dirigiu-se, em vez dele, ao Presidente dos Prefeitos:

— A carta original está num ficheiro de gavetas chamado "IQT", no escritório da casa do Director.

— Seu fedelho maldoso, ranhoso e mal-educado! – exclamou o Dr. Dyer, agora enraivecido ao lado dele. — És igual a todos os outros. Não passas de um ladrão nojento!

— Controle-se, Dyer! – ordenou o Presidente, de forma ameaçadora. — Começo a descortinar um *motivo.* Eu estou disposto a chegar ao fundo desta questão – voltando-se novamente para Jamie, disse — Agora, rapaz. Desculpa, esqueci-me do teu nome...

— Smith, Senhor Presidente. Jamie Smith – foi a resposta.

— Ah, então está certo, Jamie. Eu não vou fazer-te muitas perguntas para saber como é que essa carta, essa *cópia* de uma carta, te foi parar às mãos, mas importas-te de a ler alto para nós?

— Com certeza, senhor Presidente. – Jamie procedeu à leitura em voz alta.

Quando terminou, concluiu: — E então o Dr. Dyer fabricou os resultados. Ele foi descoberto e foi despedido por ser um *batoteiro*.

O Dr. Dyer rebentou pelas costuras.

— MENTIRAS! Tudo mentiras! O processo funcionou. Eu *soube* que funcionou. Eu sabia quais iam ser as leituras. Não valia a pena passar por todas as habituais e entediantes verificações. Não fazia sentido nenhum. Quando se é um cientista bom e experiente (na verdade, um *grande* cientista), tem-se uma sensibilidade para estas coisas. Eu não era como os outros, os patéticos zé-ninguéns. Era tudo uma questão de classe. Era o que eu tinha. Estava fora do grupo deles, bem longe do grupo deles. Eu era bom demais para eles. Não sabiam lidar com a genialidade. E então o que é que eles fizeram? Deitaram-me abaixo. Espalharam mentiras a meu respeito. Arruinaram a minha carreira. Puro despeito, foi o que foi. Tinham inveja das minhas capacidades – dos meus feitos. Puseram-me na rua? Huh! Eu devia ter ganho o Prémio Nobel. Sim, o Prémio Nobel. Mas oh!, não. Isso não era para mim. Todos os prémios são preparados. É tudo feito. Os mauzões científicos encarregam-se disso. Os únicos a receberem os prémios (e promoções e todos os empregos de topo) são eles, eles e os seus comparsas. Mas eu mostrei--lhes. Oh sim, mostrei-lhes mesmo. Eles não se estão a rir agora. IQT. Hã? O que é que aconteceu às IQT? Faliram! Ah! A segunda maior firma química no mundo e eu derrubei--a, sem mais nem menos. Quanto àquele todo-poderoso Frankenheimer. Pôs-me na rua? Bem, quem é que *o* pôs na rua agora? Respondam! Quem é o último a rir?

À medida que continuava a divagar, o Dr. Dyer parecia não estar a par do sentimento de terror que perpassava pelo Salão. Toda a gente estava sentada, estupefacta, quase incapaz de acreditar naquilo que ouvia.

Jamie achava que não valia a pena dizer mais nada. O Dr. Dyer tinha-se auto-destruído. Então, ele desceu em silêncio os degraus do palco, juntou-se a Emily, que irradiava orgulho, e deu-lhe um grande abraço.

Lorde Swanley murmurou para si mesmo:

— E pensar que eu nunca soube nada disto. Bem, bem, bem. Que interessante que esta tarde se revelou. Ainda bem que vim.

Entretanto, na carrinha de controlo lá fora, o produtor olhava pensativamente para o monitor.

— Que trapalhada. É claro que quando chegarmos à parte da montagem vamos ter que cortar isto tudo. Paramos no final da entrega dos prémios...

— Mas... – tentou dizer a assistente de produção.

— Depois, temos de encontrar um fim diferente. Alguma ideia? Alguma ideia de como é que podemos dar um jeito nisto? Alguma coisa simpática e positiva?

— Estás a esquecer-te de uma coisa – disse-lhe a assistente.

— O que é?

— Não vai haver qualquer montagem. Isto não é uma gravação para transmitir mais tarde. Estamos em *directo.*

O produtor gelou. Deu uma palmada na testa.

— Oh meu Deus! Esqueci-me. Estava tão embalado... Oh, não! Corta!... CORTA!... Vamos para publicidade! JÁ!

O ecrã do monitor de transmissão ficou em branco. Afundou-se na sua cadeira, despedaçado.

Depois do que pareceu ser uma eternidade, recompôs-se.

— Bem, acho que acabou. O coelho saiu da cartola – observou ele num tom resignado. — Está tudo acabado.

A assistente assentiu:

— Bem podes dizê-lo.

Epílogo

E isto dá conta de tudo.

Naquela mesma noite, Emily recebeu uma visita da polícia. Levaram as impressões dos *e-mails* que ela conseguira a partir do computador do Dr. Dyer. Apreenderam também os computadores e os ficheiros do Director. Alguns dias mais tarde, as polícias de todo o mundo apareceram nas casas do Dr. Dyer e de muitos Antigos Dyerenses. Foram presos e acusados de danos causados à Internet; e essa foi apenas a primeira acusação que lhes foi imputada. Ao longo dos anos, centenas de empresas e negócios, arruinados de uma forma ou de outra pela trama do Dyer, apresentaram queixas. Dyer e os seus cúmplices enfrentavam muitos e muitos anos de prisão. (Miss Peters, porém, não. O caso contra ela foi arquivado pelo juiz. Mais tarde, ele confidenciou que nunca conhecera uma mulher tão pateta; ela não podia de maneira alguma ter compreendido aquilo que estava a fazer.)

A Academia foi fechada pelos inspectores escolares. Emily e Jamie foram transferidos para outra escola. Jamie descobriu que a troca não foi tão difícil como ele pensara que pudesse ser. As novas aulas de ciências implicaram alguma adaptação – o que seria de esperar naturalmente, uma vez que eram agora baseadas na ciência verdadeira e correcta. Mas o engraçado residia no facto de, ao ter aprendido a ciência errada na Academia, ele tinha, ao mesmo tempo, sido esclarecido acerca do *porquê* de estar errada. Isto significava que ele também conhecia a ciência correcta. A única diferença surgia na altura do exame – quando ele fez os verdadeiros exames. Tinha de se lembrar de colocar a resposta correcta e não a errada!

Imediatamente após o Dia do Discurso, Jamie foi convidado para participar em programas de televisão. Tornou-se numa verdadeira estrela. Mesmo anos mais tarde, quando era um pai de família, estabelecido no seu emprego de chefe de cozinha num hotel (muito conhecido pelas suas suculentas batatas fritas), as pessoas apontavam para ele na rua e diziam: «Não foi este rapaz que salvou o mundo?» Se acontecia ele ouvir a observação, atravessava a estrada para explicar que não tinha sido apenas ele. A sua mulher, Emily, tinha tido tanto a ver com isso como ele – senão mesmo mais.

Ah, sim, eu devia tê-lo mencionado, a amizade entre Jamie e Emily cresceu ao longo dos anos – e casaram-se. Como devem esperar, sabendo como eles eram quando estavam juntos, continuaram com as suas invulgares discussões; mas permaneceram dedicados um ao outro. Tiveram quatro filhos. Como é que a Emily conseguiu cuidar de uma família tão grande e, ao mesmo tempo, manter a sua carreira de cientista de sucesso, só Deus sabe. Ela continua na esperança de descobrir uma cura para o cancro.

Quanto aos pais de Jamie, eles acabaram por recuperar dos seus ferimentos. Numa das visitas aos seus netos, a Srª. Smith, em resposta a uma observação de Jamie, declarou com uma gargalhada: «*Divórcio?!* Eu e o teu pai! Santo Deus. O que é que te pode ter dado *essa ideia?!* »

Na sequência do desmascaramento da trama do Dr. Dyer, ainda passaram alguns anos até que as economias mundiais entrassem de novo na linha; mas, gradualmente, foram formados novos cientistas e a vida retomou o seu curso normal

– com as pessoas de alguma forma mais esclarecidas acerca dos lados bom e mau de se viver numa era científica.

Com o passar do tempo, a ciência errada disseminada pelos Antigos Dyerenses foi esquecida; passou a fazer parte da história. As crianças perguntavam aos professores: «É mesmo verdade que antigamente as pessoas acreditavam que as roupas impediam "o frio" de entrar; que a energia se "gastava"; e que se quiséssemos que algo se mexesse, tínhamos que empurrá-lo continuamente?

Ao ser-lhes dito que era mesmo assim, elas acabavam por rir exclamando: «ESQUISITO!»

Impressão e acabamento
da
CASAGRAF - Artes Gráficas Unipessoal, Lda.
para
EDIÇÕES 70, LDA.
Junho de 2002

O TEMPO E O ESPAÇO DO TIO ALBERTO

As aventuras de Gedanken, cujas experiências espaciais vão permitindo ao seu tio a elaboração da teoria da relatividade restrita.

OS BURACOS NEGROS E O TIO ALBERTO

Novas descobertas de Gedanken, a sobrinha do famoso cientista... A teoria da relatividade generalizada numa história muito aliciante que prende a atenção de todos, *independentemente* da idade.

PERGUNTEM AO TIO ALBERTO

Acabadinhas de sair da caixa de correio do famoso cientista tio Alberto, aqui estão 100 $^{1}/_{2}$ perguntas, todas feitas por crianças, sobre coisas como buracos negros, planetas, átomos, estrelas, nuvens, cores ou vulcões. As respostas ajudam-nos a desvendar os mais fascinantes segredos científicos do Universo...

O TIO ALBERTO E O MUNDO DOS *QUANTA*

Nesta extraordinária missão, Gedanken penetra no mundo minúsculo dos *quarks* e dos electrões após beber o líquido contido num frasquinho mágico. Confiante na sabedoria do tio Alberto e sempre pronta para a aventura e para a descoberta, parte assim em exploração de um mundo maravilhoso de luz e de matéria, onde nada é o que parece...

EU SOU QUEM SOU, SAMUEL

A aventura de um jovem que, através do monitor do seu computador, recebe a visita de um intruso que inicia o diálogo afirmando ser Deus... É o início de uma viagem pelo Universo para «ver» como este surgiu.

O MUNDO DOS 1001 MISTÉRIOS

O autor prossegue as suas explicações científicas «inventando» agora o processo usado em *As Mil e Uma Noites* para evitar que o mundo seja destruído... Apaixonante e educativo.

A CURIOSA HISTÓRIA DE DEUS

Apenas algumas das grandes questões que as pessoas têm colocado ao longo dos tempos. Existirá apenas um Deus? A Bíblia por vezes não refere a existência de vários deuses? Porque haveria um Deus de todo o mundo de viver no deserto? Este fascinante livro mostra como, através dos tempos bíblicos, as pessoas chegaram a um melhor conhecimento de Deus.

CIÊNCIA E RELIGIÃO
Cientistas, teólogos e filósofos debatem descobertas científicas e crença religiosa. Um livro que levanta questões mas não procura determinar as respostas; estas poderão ser encontradas através da fé e do diálogo cada vez mais necessário entre a ciência e a religião.